언니,
내가 남자를
죽였어

언니,
내가 남자를
My Sister, the Serial Killer
죽였어

오인칸 브레이스웨이트 장편소설
강승희 옮김

천문장

사랑하는 나의 가족
아킨, 토쿤보, 오바푼케, 시지, 오레에게

언니, 내가 남자를 죽였어

말

아율라가 전화했다. 언니, 내가 그를 죽였어.
그건, 내가 다시 듣고 싶지 않은 말이었다.

표백제

상담컨대, 표백제가 피 냄새를 감춰 준다는 사실은 다들 몰랐을 거다. 대부분 표백제가 만능이라 믿고 마구잡이로 쓰면서도, 뒷면에 붙어있는 성분표를 읽는다거나, 잘 닦였는지 다시 한 번 꼼꼼히 들여다볼 생각은 아예 하지 않는다. 표백제를 쓰면 소독은 되겠지만, 잔류물 제거에는 크게 도움이 안 된다. 그래서 나는 우선 욕실을 박박 문질러 삶과, 죽음의 흔적까지 깨끗이 지운 후에야 표백제를 사용한다.

지금 내가 들어와 있는 이 욕실은 최근에 리모델링한 게 틀림없다. 사용한 흔적이 전혀 없다. 세 시간 가까이 청소를 하고 나니 더더욱 그렇다. 샤워실 벽면 틈새, 누수방지제 사이사이에 스며든 피를 닦아내는 게 가장 힘들었다. 자칫 놓치기 쉬운 부분이다.

밖으로 나와 있는 물건은 하나도 없다. 그가 쓰는 샤워 젤이며 칫솔, 치약, 모두 다 세면대 위에 달린 수납장에 들어가 있다. 샤워매트는 한 장 깔려있다. 직사각형의 노랑 바탕에 검정색 스마일상을 그려놓은 매트. 그것만 빼면 욕실은 온통 흰색 천지다.

아율라는 두 팔로 무릎을 끌어안은 채 변기에 올라앉아 있다. 그녀의 옷에 묻은 피는 이미 말라붙어서, 이제껏 반짝반짝 윤이 나게 닦아놓은 하얀 바닥에 떨어질 염려는 없다. 레게머리를 위로 틀어 올리고 있으니 머리카락이 바닥에 쓸릴 일도 없다. 그녀의 커다란 갈색 눈동자가 계속해서 나를 쳐다본다. 내가 화난 건 아닌지, 금세 바닥을 차고 일어나 설교를 시작하지는 않을지 걱정되는 모양이다.

난 화나지 않았다. 굳이 말하자면, 좀 피곤한 상태다. 이마에서 흘러내린 땀방울이 바닥에 떨어진다. 파란색 스펀지로 떨어진 땀을 닦는다.

그녀가 전화했을 때 나는 막 식사를 하려던 참이었다. 쟁반에 모든 것이 준비되어 있었다. 접시 왼쪽에 포크, 오른쪽에 나이프를 놓고, 냅킨은 왕관 모양으로 접어서 접시 한가운데에 올려놓았다. 영화는 시작 부분의 자막에서 멈추어 있고, 오븐의 타이머는 막 종료음을 울리던 바로 그 순간, 테이블 위에 있던 전화기가 맹렬하게 진동하기 시작했던 것.

집에 가면 음식은 이미 식어 있을 테지.

나는 세면대로 가서 장갑을 씻는다. 하지만 손에서 벗지는 않았다. 아율라가 거울에 비친 내 모습을 보고 있다.

"시체를 처리해야 해." 내가 그녀에게 말한다.

"나한테 화났어?"

정상적인 사람이라면 화가 날지도 모르겠다. 하지만 지금 나는, 빨리 시체를 없애야 한다는 생각뿐이다. 이곳에 온 뒤, 일단은 동생과 함께 그 남자를 내 차 트렁크로 옮겨놓았다. 그래야 차갑게 식어버린 그의 시선을 견딜 필요 없이 마음껏 바닥을 문지르고 닦을 수 있었으니까.

"가방 챙겨." 내가 대답한다.

우리는 차로 돌아간다. 그는 여전히 트렁크에 실려서 우리를 기다리고 있다.

지금 같은 밤 시간, 제3메인랜드 다리는 차량통행이 드문데다 가로등도 없어서 칠흑같이 어둡다. 하지만 장장 12킬로미터에 육박하는 긴 다리 건너에는 도시의 불빛이 환하다. 우리는 지난번 시체를 던졌던 그곳, 다리 난간 너머 물속으로 그를 떠나보낸다. 최소한 외롭지는 않겠지.

차 트렁크 안쪽에 피가 조금 배어있다. 죄책감을 느낀 아율라가 청소를 하겠다고 나서지만, 나는 그녀의 손에서 청소용액을 낚아채 핏자국 위에 붓는다. 내가 직접 물 두 컵에 암모니아 한 스푼을 섞어 만든 용액이다. 범죄현장을 완벽하게 조사할 만한 기술이 라고스 경찰에게 있는지는 모르겠다. 어쨌든 아율라는 결코 나만큼 효과적으로 흔적을 없애지 못한다.

수첩

"그 남자 이름이 뭐였지?"

"페미."

나는 그의 이름을 휘갈겨 적는다. 아율라가 내 침실에 함께 있다. 그녀는 머리를 뒤로 기댄 채 내 소파에 책상다리를 하고 앉아있다. 그녀가 목욕을 하는 동안 나는 그녀가 입었던 옷을 태웠다. 장미색 티셔츠로 갈아입은 그녀에게서 베이비파우더 냄새가 난다.

"그 사람 성은?"

그녀가 입술을 앙 다물고 얼굴을 찌푸리더니 머리를 흔든다. 뇌의 앞쪽으로 이름을 흔들어 보내기라도 하려는 듯이. 생각이 나지 않는 모양이다. 그녀는 어깨를 으쓱한다. 내가 그 친구 지갑을 챙겼어야 하는 건데.

나는 수첩을 덮는다. 내 손바닥보다 작은 공책이다. 일전에 테드 동영상을 본 적이 있다. 수첩을 들고 다니면서 행복한 순간을 매일 하나씩 기록했더니 인생이 바뀌더라는 내용이었다.

그 얘기를 듣고 수첩을 샀다. 첫 장에다 이렇게 적었다.

'침실 창밖으로 하얀 부엉이를 보았다.'

그날 이후로 수첩은 거의 비어 있다.

"내 잘못이 아니야, 알잖아."

하지만 나는 모른다. 어떤 잘못을 의미하는 것인지. 그의 성이 기억 안 나는 것? 아니면 그의 죽음?

"무슨 일이 있었는지 말해봐."

시

페미는 그녀를 위해 시를 지었다.
'그의 시를 기억하는 그녀가 그의 성은 기억을 못한다.'

찾아보게
그녀 아름다움에 한 점 흠이라도 있다면;
보여주게
그녀 곁에 서있어도
시들지 않을 여인이 있다면

그는 그 시를 종이에 적고, 두 번 접어서, 그녀에게 주었다. 교실 뒷줄에 앉아 서로 사랑의 쪽지를 주고받던 중학교 시절에나 하던 짓이다. 그녀는 이런 행동에 감동을 받았고 ─ 하긴 아율라는 항상 자신의 미모 숭배에 감동을 받는다 ─ 그래서 그의 여자가 되기로 했다.

만난 지 한 달을 기념하던 날, 그녀는 그의 욕실에서 그를 찔렀다. 물론, 그럴 생각은 없었다. 그는 화가 나 있었고, 양파 냄새를 풍기면서 그녀의 얼굴에 대고 소리를 질렀다.

'그런데 그녀는 왜 칼을 가지고 있었을까?'

칼은 그녀를 보호하는 무기였다. 남자랑 있을 때는 무슨 일이 벌어질지 알 수 없으니까. 남자들은 원하는 것을 원하는 때에 갖고 싶어 하니까. 그녀는 그를 죽일 생각은 없었다. 가까이 오지 말라고 경고만 하려했다. 그러나 그는 그녀의 무기를 두려워하지 않았다. 180센티가 넘는 그에게 그녀는 인형처럼 보였을 것이다. 작은 몸집, 긴 속눈썹, 도톰한 입술을 가진 인형.

'그녀 자신의 표현이다, 내가 아니라.'

그녀는 첫 번째 공격에서 그를 죽였다. 심장에 그대로 꽂힌 칼. 그의 죽음을 확실히 하기 위해 그러고도 두 번을 더 찔렀다. 그가 맥없이 바닥에 쓰러졌다. 그녀에게는 자신의 숨소리밖에 아무 소리도 들리지 않았다.

시체

이런 얘기 들어본 적 있어? 두 명의 여자가 방으로 걸어 들어가. 그 방은 집안에 있는 여러 방 중 하나야. 집은 아파트 3층에 있어. 방 안에는 성인 남자의 시체가 있어. 두 여자는 어떻게 남들 눈에 띄지 않고 시신을 1층까지 운반할까?

첫째, 필요한 용품을 챙긴다.
"침대보가 몇 장이나 필요할까?"
"이 집에 있는 게 몇 장인데?"
아율라가 욕실에서 달려 나가더니 세탁실 벽장에 5장이 있다는 정보를 가지고 돌아왔다. 나는 입술을 깨물었다. 침대보가 많이 필요했지만, 그가 가진 침대보가 침대에 깔려 있는 한 장뿐이라는 걸 그의 가족이 눈치 챌까봐 걱정이 되었다. 보통 남자라면 그것이 그리 특별한 일은 아닐 것이다. 하지만 이 남자는 꼼꼼한 사람이다. 책을 저자의 이름 순서대로 책장에 꽂는 사람이다. 그의 욕실에는 하나에서 열까지 모든 청소용품이 구비되어 있다. 심지어 내가 쓰는 것과 똑같은 소독제를 썼다. 그리고 부엌은 광이 났다. 아율라는 이곳에 어울리지 않았다―티 없이 순결한 존재를 망치는 어두운 그림자.

"세 장 가져 와."

둘째, 피를 말끔히 제거한다.

나는 수건이 흠뻑 젖도록 피를 닦아서 싱크대로 가져가 쥐어 짰다. 바닥에 핏기가 없어질 때까지 그 동작을 반복했다. 아율 라는 이쪽저쪽 발을 옮겨가며 짝다리를 짚은 채 주변을 서성였 다. 나는 초조해하는 그녀를 못 본 체했다. 생명을 빼앗을 때보 다 시체를 처리할 때 훨씬 긴 시간이 걸리기 마련이다. 특히 살 인의 증거를 남기고 싶지 않을 때는 말이다. 그런데 벽에 기대 어 앉혀놓은 시체에 계속 눈길이 간다. 그 시체를 어딘가로 옮 겨놓기 전에는 일을 완벽하게 마무리할 수 없을 것 같다.

셋째, 시체를 미라로 만든다.

둘이서 침대보 여러 장을 뽀송뽀송한 바닥에 깔았다. 그녀가 그를 침대보 위로 굴렸다. 나는 그를 만지고 싶지 않았다. 흰색 티셔츠 아래 감추어져 있는 그의 조각 같은 몸이 눈에 보일 듯 했다. 두어 군데 상처쯤은 능히 견딜 수 있는 몸의 소유자로 보 였다. 하긴, 아킬레우스와 카이사르도 그랬지. 죽음이 그의 넓 은 어깨와 오목하게 팬 복근을 깎아내고 결국 뼈만 남기리라 생 각하니 유감스러웠다. 처음 이 방에 들어왔을 때 나는 세 번에 걸쳐 그의 맥박을 체크했다. 그리고 다시 세 번 더. 자고 있는 건지도 모를 일이었다. 그는 아주 평화로워 보였다. 머리는 아 래로 떨구고, 등은 구부정하게 벽에 기대고, 다리는 비스듬하게 틀어져 있었다.

그의 시체를 침대보 위에 올리느라 지친 아율라가 헉헉거렸다. 그녀가 이마의 땀을 닦았다. 땀을 닦은 자리에 핏자국이 남았다. 그녀가 침대보 한 쪽을 들어 그가 보이지 않도록 단단히 여몄다. 그 다음 둘이 힘을 합해 그를 굴려가면서 침대보로 단단히 감았다. 나란히 서서 미라가 된 그를 내려다보았다.

"이제 어쩌지?" 그녀가 물었다.

넷째, 시체를 옮긴다.

계단을 이용할 수도 있었다. 하지만 분명히 시체 싸맨 것처럼 보이는 짐을 나르다가, 중간에 누굴 만난다고 상상해본다. 몇 가지 변명거리를 생각해본다….

"남동생한테 장난치는 중이에요. 원래 잠이 깊은 애라서 자고 있을 때 다른 데로 옮겨 놓으려구요."

"아니, 아니요, 이건 진짜 사람이 아니에요. 우릴 뭘로 보시는 거예요? 마네킹이에요."

"아이 아주머니두, 이건 그냥 감자포대예요."

그 말을 믿는 척하면서 목격자들은 안전한 곳으로 달아날 것이다. 공포 때문에 동그래질 그들의 눈을 떠올렸다. 안 돼, 계단은 말도 안 돼.

"엘리베이터를 타야겠다."

아율라가 질문을 하려는 듯 입을 벌렸다가 고개를 저으며 다시 다물었다. 그녀는 자기 몫을 다 했고, 이제 나머지는 나에게 맡겨졌다. 둘이 힘을 합해 그를 들어올렸다. 무릎이 아니라 허리를 썼어야 했는데. 무언가 빠지직 부서지는 소리가 나는 바람에 손을 놓치고 말았다. 내가 잡고 있던 쪽이 털썩하고 떨어졌다. 동생이 화가 나서 눈을 부라렸다. 내가 그의 발을 다시 잡았고, 우리는 함께 그를 문간으로 옮겼다.

아율라는 엘리베이터로 튀어가서 버튼을 누른 다음 돌아와 페미의 어깨를 들어올렸다. 나는 아파트 밖으로 살짝 고개를 내밀고 계단참에 아무도 없다는 것을 확인했다. 기도를 하고 싶다는 유혹을 느꼈다. 문에서 엘리베이터까지 가는 동안 아무도 내다보지 않게 해달라고. 하지만 신은 그런 종류의 기도에는 응답하지 않는다. 그래서 대신 운과 속도에 의지하는 쪽을 택했다. 우리는 발소리를 죽이며 조용히 석조바닥을 가로질렀다. 엘리베이터가 때맞춰 딩동 소리를 내며 우리를 향해 입을 벌렸다. 우리는 한쪽으로 비켜서서 엘리베이터에 아무도 없는 것을 확인하고는 그를 안으로 던져 넣었다. 눈에 바로 띄지 않도록 구석에다 그를 부려놓았다.

"엘리베이터 좀 잡아주세요!" 복도에서 외치는 소리가 들렸다. 아율라가 문이 닫히지 않게 열림 버튼을 누르려는 모습이 얼핏 눈에 들어왔다. 나는 그녀의 손을 쳐내고 1층과 닫힘 버튼을 여러 번 잽싸게 눌렀다. 엘리베이터 문이 닫히는 짧은 순간, 젊은 엄마의 실망한 얼굴을 보았다. 나는 조금 죄책감을 느꼈다. 엄마는 한 손에 아기를 안고 다른 손에는 가방을 들고 있었다. 하지만 감옥에 갈 위험을 감수할 정도로 가책이 크지는 않았다. 게다가, 무슨 좋은 일이 있다고 이런 시간에 아이를 끌고 다닌단 말인가?

"너 도대체 왜 그래?" 내가 낮은 소리로 아율라에게 불만을 토했다. 물론 본능적으로 한 행동이었다는 건 안다. 어쩌면, 살 속으로 칼을 찔러 넣게 그녀를 몰아간 충동과 같은 것일지도 모르겠다.

"내 잘못이야." 그 말뿐이었다. 나는 입 밖으로 튀어나오려는 말을 겨우 삼켰다. 지금은 때가 아니다.

1층에 아율라를 남겨두었다. 시체를 들키지 않게 잘 감시하면서 엘리베이터를 잡고 있어야 했다. 누구든 가까이 오면, 문을 닫고 꼭대기 층으로 올라가라고 했다. 다른 층에서 누군가 엘리베이터를 부르려고 해도 문이 닫히지 않게 잡고 있으라고 했다. 나는 잽싸게 달려가 차를 아파트 건물 후문에 댔다. 엘리베이터에 있는 시체를 거기로 끌고 갔다. 차 트렁크를 닫자, 가슴 속에서 날뛰던 심장이 겨우 진정되었다.

다섯 번째, 표백을 한다.

청소

병원 관리부는 간호사의 하얀 제복을 연분홍색으로 바꾸기로 결정했다. 조금만 오래 입어도 흰색이 엉긴 크림 같은 색깔로 변했기 때문이다. 하지만 나는 계속 흰색을 고집한다. 아직도 새 옷 같으니까.

타데가 이것을 눈여겨 본 모양이다. 타데 오투무 박사는 미혼에다 잘생기기까지 한 우리 병원 의사다.

"비결이 뭐예요?" 내 소맷부리를 만지면서 그가 묻는다. 마치 내 살갗을 건드리는 것 같은 느낌이다. 열기가 내 몸을 관통한다. 나는 그에게 다음 환자의 차트를 건네면서, 대화를 어떻게 이어갈까 궁리한다. 그러나 사실, 청소나 세탁 얘기를 섹시하게 만들 방법은 도무지 없다. 비키니 차림으로 스포츠카를 닦는 게 아니라면 말이다.

"구글에 물어봐요." 내가 말한다.

그는 재밌다는 듯 웃으면서 차트를 들여다본다. 그러더니 끙하고 신음소리를 낸다.

"또 로티누 부인이에요?"

"그냥 선생님 얼굴이 보고 싶은가 봐요." 그가 고개를 들어 나를 보더니 활짝 웃는다. 나도 마주 웃는다. 하지만 그가 보이는 관심 때문에 입이 바짝 마른다는 사실만은 들키지 않으려고 애쓴다. 진료실을 나올 때, 나는 아율라가 즐겨하는 방식으로 엉덩이를 튕기며 걷는다.

"어디 아파요?" 문손잡이를 잡으려는데 등 뒤에서 그의 목소리가 들려온다. 나는 그를 향해 돌아선다.

"네?"

"걷는 모습이 좀 이상한데."

"아, 어, 근육이 결려서요." '창피한 줄 알아야지.'

나는 문을 열고 황급히 방을 나선다.

로티누 부인이 접수창구에 놓여있는 가죽소파들 중 하나를 차지하고 앉아있다. 소파 하나를 통째 차지하고서는 남는 공간에 핸드백과 화장가방을 올려놓았다. 내가 다가가자 환자들 모두 이번에는 자기 차례겠거니 바라는 눈길로 나를 쳐다본다. 로티누 부인은 화장을 고치다가 나를 보고 멈춘다.

"지금 들어가면 되나요?" 그녀가 묻는다. 내가 고개를 끄덕이자 그녀는 딸깍하고 분통을 닫고 일어난다. 나는 그녀에게 따라오라는 몸짓을 한다. 하지만 그녀는 한 손으로 내 어깨를 짚으면서 막아선다. "혼자 갈 수 있어요."

로티누 부인은 2형 당뇨병을 앓고 있다. 그 말은, 식이조절을 잘하고, 체중을 줄이고, 인슐린을 제때 맞기만 하면 그렇게 자주 병원에 올 필요가 없다는 뜻이다. 그런데도 그녀는 지금 여기에 있고, 타데의 진료실을 향해 거의 깡충깡충 뛰어가고 있는 것이다. 이해는 된다. 그가 바라볼 때면, 그의 눈길이 머무는 동안만큼은 온 세상에 나뿐인 것 같은 느낌이 든다. 그는 그런 능력을 지닌 사람이다. 눈길을 돌리는 법이 없고, 지쳐서 눈빛이 흐려지지도 않으며, 미소를 아끼지도 않는다.

나는 간호사 카운터로 돌아와 클립보드를 탕 하고 내려놓는다. 놀란 잉카가 잠을 깬다. 잉카는 눈뜨고 자는 방법을 터득했다. 분미가 나에게 인상을 쓴다. 진료 예약전화를 받고 있었기 때문이다.

"웬 난리야, 코레드? 불난 거 아니면 나 깨우지 마."

"여긴 병원이야. 숙박업소가 아니라."

그녀가 걸어가는 내 뒤통수에 대고 '망할 년'이라며 투덜대지만 나는 무시한다. 내 관심은 다른 데 있었다. 나는 악문 이 사이로 숨을 내뱉으며 모하메드를 찾아 나선다. 한 시간 전에 그를 3층으로 보냈지만, 틀림없이 대걸레에 기대 선 채 아씨비에게 수작을 걸고 있을 것이다. 아씨비는 긴 파마 머리에 놀랄 만큼 짙은 속눈썹을 가진 여자 청소부다. 그녀는 복도를 걸어오는 나를 보고 냉큼 달아난다. 모하메드가 나를 향해 돌아선다.

"어, 전 그냥…."

"됐고요. 내가 요청한 대로 뜨거운 물에 증류식초 4분의 1 섞어서 접수창구에 있는 창문들 다 닦았어요?"

"네, 간호사님."

"그래요… 식초 좀 보여주세요." 그는 이 발 저 발 옮겨가며 짝다리로 서서 바닥만 뚫어지게 본다. 방금 자신이 한 거짓말을 어떻게 빠져나갈까 궁리하는 중이다. 그가 창문 청소를 할 줄 모른다는 게 하나도 놀랍지 않다. 열 걸음 떨어진 곳에서도 그의 냄새를 맡을 수 있으니까. 퀴퀴한 썩은 냄새. 하지만 불행하게도 냄새가 해고의 사유는 될 수 없다.

"어디 가서 사야 되는지 몰라서요."

나는 가게 위치를 알려준다. 그가 구부정하게 계단을 내려간다. 복도 한가운데에 양동이가 그대로 있다. 그를 다시 불러 뒷정리를 깔끔히 하라고 한다.

1층으로 돌아오니, 잉카는 다시 잠들어 있다. 아무것도 보지 않는 두 눈을 그대로 뜬 채. 페미가 그랬던 것처럼. 그의 모습을 머릿속에서 털어버리고 분미를 돌아본다.

"로티누 부인은 진료 끝났어?"

"아직." 분미가 대답한다. 나는 한숨을 내쉰다. 대기실에는 기다리는 환자들이 많다. 그리고 의사들은 하나같이 수다스런 환자에게 붙들려 있는 모양이다. 내 맘대로 할 수만 있다면, 환자마다 정해진 진료시간을 넘기지 못하게 할 텐데.

환자

313호 환자의 이름은 무흐타르 야우다이다.

그는 침대 끝에 두 발을 늘어뜨린 채 누워있다. 각다귀처럼 팔다리가 길고 상체도 꽤 긴 편이다. 처음 병원에 왔을 때도 마른 체격이었지만 지금은 더 여위었다. 곧 깨어나지 못하면, 앙상하게 뼈만 남게 될 것이다.

병실 구석 테이블 옆에 있는 의자를 가져다가 그의 침상에서 조금 떨어진 곳에 놓는다. 나는 의자에 앉아 두 손으로 머리를 감싼다. 두통이 시작되려나 보다. 아율라 얘기를 하려고 병실에 들어왔는데, 타데 생각을 떨쳐버릴 수가 없다.

"나는… 내가 바라는 건…."

심장 모니터링 기계에서 몇 초마다 울리는 삐 소리가 마음을 편안하게 한다. 무흐타르는 미동도 없다. 혼수상태에 빠진 지 5개월째다. 그는 동생이 운전하는 차에 탔다가 교통사고를 당했다. 동생이 나름대로 노력했지만 경추손상은 피하지 못했다.

무흐타르의 아내를 본 적이 있다. 아율라를 떠올리게 하는 여

26

자였다. 기억에 남을 만한 수려한 외모를 지녔다는 뜻이 아니라, 자기에게 필요한 것 말고는 어떤 것에도 관심이 없어 보였다는 점에서 그렇다.

"이렇게 혼수상태를 유지하려면 비용이 많이 들겠죠?" 그녀가 나에게 물은 적이 있다.

"연명장치를 제거하고 싶으세요?" 내가 대답했다.

그녀는 내 말에 기분이 상했는지 턱을 치켜들었다. "앞으로 내게 벌어질 상황을 알고 있어야 한다고 생각해요."

"환자분 소유의 토지에서 돈이 나온다고 들었는데…."

"뭐, 그렇죠…. 하지만… 난… 난 그저…."

"금방 깨어나시길 바랍니다."

"그럼… 좋죠."

그런 대화를 나눈 뒤로도 시간이 많이 흘렀다. 이제, 그의 자식들마저 연명장치를 끄는 게 모두를 위해 최선이라는 생각을 하게 될 날이 하루하루 다가오고 있다.

그날이 올 때까지는, 그는 누구보다 내 얘기를 잘 들어주는 친구의 역할을 할 것이다.

"타데가 나랑 만나고 싶어 하면 좋겠어요. 진짜 데이트 말이에요."

더위

숨 막히는 더위다. 그래서 우리는 움직임을 최소화하며 에너지를 아끼고 있다. 아율라는 분홍 레이스 브라에 검정 레이스 끈 팬티를 입고 내 침대 위에 널브러져 있다. 그녀는 실용적인 속옷은 입을 줄을 모른다. 침대 한 끝에 다리 하나, 다른 쪽 끝에는 팔 하나가 늘어져있다. 그녀의 몸은 뮤직 비디오에 등장하는 섹시한 여자, 매춘부, 서큐버스 악령을 닮았다. 천사 같은 얼굴에 어울리지 않는 몸이다. 가끔 내쉬는 한숨 소리에, 나는 그녀가 살아있다는 사실을 깨닫는다.

에어컨 수리기사를 불렀다. 10분이면 온다고 했는데, 2시간이 지났다.

"나 죽을 것 같아." 아율라가 칭얼거린다.

하녀가 선풍기를 들고 와서 아율라 앞에다 놓는다. 내 얼굴에 흘러내리는 땀은 안 보이는 모양이다. 한바탕 바람이 일고 날개 돌아가는 소리가 요란하다. 방 안이 아주 조금 시원해진다. 나는 소파에서 내려와 힘겹게 욕실로 간다. 세면대에 찬물을 채우고 얼굴을 씻는다. 잔물결이 이는 모습을 가만히 들여다본다. 떠내려가는 시체를 머릿속에 그린다. 제3메인랜드 다리 밑에서 썩어가는 페미는 자신의 운명에 대해 무슨 생각을 할까?

적어도 그 다리에게 죽음은 낯선 일이 아니다.

얼마 전이었다. 미어질 듯 승객을 실은 오사행 간선급행버스 한 대가 다리에서 추락하여 석호에 빠졌다. 생존자는 없었다. 그 후로, 버스 운전사들은 버스에 오르려는 사람에게 이렇게 외치는 습관이 생겼다. "곧장 오사로 갑니다! 곧장 오사로 갑니다!" 곧장 석호로 갑니다! 곧장 석호로 모십니다!

아율라가 속바지를 끌어내리면서 어기적어기적 걸어 들어온다. "오줌 마려워." 그녀는 변기에 털썩 걸터앉아 소변을 보면서 행복한 한숨을 내쉰다. 도기 안에서 빗소리처럼 후두둑 소변이 튀는 소리가 난다.

나는 세면대의 물을 빼고 밖으로 나간다. 왜 내 걸 쓰냐고 항의하기에는, 혹은 네 변기 따로 있지 않냐고 지적하기에는 날씨가 너무 덥다. 말하기도 힘들 만큼 덥다.

아율라가 없는 틈을 타, 내 침대에 몸을 누이고 눈을 감는다. 다시 그의 모습이 보인다. 페미. 그의 얼굴이 내 머리에 영원히 새겨졌다. 어떤 사람이었을지 궁금하다. 다른 남자들은 죽기 전에 만나 보았다. 하지만 페미는 그날 처음 보았다.

그녀가 누군가를 만나고 있다는 건 알고 있었다. 순진한 체하는 웃음, 밤늦은 시간에 나누는 통화, 징후는 많았다. 좀 더 관심을 기울였어야 했는데. 그를 만나봤더라면, 그가 정말 그녀의 주장처럼 난폭한 사람인지 알 수 있었을 텐데. 어쩌면 그녀를 그에게서 떼어놓을 수도 있었을 텐데. 그러면 이런 결과는 피할 수 있었을 텐데.

변기에 물 내리는 소리와 동시에 내 옆에 놓인 아율라의 전화기가 진동을 한다. 문득 아이디어가 떠오른다. 그녀의 전화기에는 비밀번호가 걸려있다. 1234도 비밀번호라고 생각했는지. 그녀의 셀피를 죽 넘기다가 드디어 그의 사진을 찾았다. 일자로 굳게 다문 입술, 하지만 눈은 웃고 있다. 함께 찍힌 아율라는 언제나 그렇듯 사랑스럽다. 하지만 화면은 그의 에너지로 가득 차 있다. 나는 그를 보면서 미소 짓는다.

"뭐 해?"

"너한테 메시지 왔어." 서둘러 홈 화면으로 바꾸면서 나는 그녀에게 대답한다.

인스타그램

#페미뒤란드실종 이라는 해시태그가 입소문을 타고 번져나갔다. 그 중 한 포스트가 특히 이목을 끌었다. 아율라의 포스트. 그녀는 둘이 함께 찍은 사진을 올리고, 자신이 살아있는 그를 마지막으로 본 사람이라고 밝혔다. 도움이 될 만한 것을 알고 있는 사람은 누구든, '누구든', 앞으로 나서달라고 간청하는 메시지도 덧붙였다.

그 글을 올릴 때도 그녀는 지금처럼 내 침실에 있었지만, 무슨 일을 꾸미고 있는지는 말해주지 않았다. 자신이 입을 다물고 있으면 비정한 사람으로 보일 거란다. 어쨌든 그는 자신의 남자 친구였으니까. 전화가 울리자 그녀가 전화를 받는다.

"여보세요?"

잠시 후 그녀가 나를 발로 친다.

"이게 무슨…?"

'페미 엄마야', 그녀가 소리 없이 입모양으로 말한다. 현기증이 난다. 도대체 어떻게 아율라의 전화번호를 알았을까? 아율라가 전화기를 스피커 모드로 바꾼다.

"… 페미가 혹시 어디 간다는 얘기 하던가요?

나는 격렬하게 머리를 흔든다.

"아니에요, 어머니. 저랑 헤어진 게 꽤 늦은 시간이었어요."
아율라가 대답한다.

"다음날 출근을 안했대요."

"음… 가끔 밤에 조깅을 하곤 했는데요, 어머니."

"알아요. 위험하다고 내가 늘 그랬는데." 전화기 너머 여인이
울기 시작한다. 그녀의 슬픔이 너무나 강렬해서 나도 따라 울기
시작한다. 소리는 내지 않았지만, 뜨거운 눈물이 코와 뺨과 입
술을 적신다. 아율라도 울기 시작한다. 내가 울면, 그녀도 운다.
언제나 그렇다. 하지만 나는 우는 경우가 거의 없다. 그래서 오
히려 다행이다. 그녀의 울음소리는 크고 정신이 없다. 결국, 흐
느낌이 딸꾹질이 되고, 우리는 조용해진다.

"우리 아들을 위해 기도해 줘요." 여인은 쉰 목소리로 말하고
전화를 끊는다.

나는 동생을 돌아본다. "넌 도대체 어떻게 된 사람이니?"

"뭐가?"

"네가 한 짓이 얼마나 엄청난 일인지 모르는 거야? 이 상황을
즐기고 있니?"

그녀는 눈빛이 어두워지더니 자신의 레게머리를 배배 꼬기
시작한다.

"요즘 들어 언니는 나를 괴물 보듯이 하더라." 목소리가 너무

작아서 거의 들리지 않는다.

"내가 언제 그런….'

"피해자를 비난하고 있잖아, 지금."

피해자라고? 남자들과 사건이 벌어질 때마다 아율라에게 상처는커녕 멍 자국 하나 없는 게 단지 우연일까? 나한테 뭘 원하는 거지? 내가 무슨 말을 해주기 바라는 거야? 나는 속으로 시간을 잰다. 대답을 너무 오래 끌면, 그 자체를 대답으로 받아들일 것이다. 마침 방문이 삐걱하고 열려서 겨우 상황을 모면한다. 엄마가 반쯤 감아올린 겔레 두건을 한 손으로 누른 채 방으로 들어선다.

"이거 좀 잡아 주렴."

나는 일어나서 겔레의 늘어진 부분을 붙잡는다. 엄마는 몸을 비스듬히 꺾으며 바닥에 세워둔 거울에 자신을 비춰본다. 펑퍼짐한 코와 두터운 입술을 작은 눈으로 바라본다. 타원형의 홀쭉한 얼굴에 어울리지 않는 크기의 코와 입술이다. 빨간 립스틱을 발라서 큰 입이 한층 두드러져 보인다. 나는 엄마를 빼닮았다. 왼쪽 눈 밑에 있는 애교점까지 똑같다. 미모를 돋보이게 해주는 점이라나. 나를 보면 그 짓궂은 반어법을 이해할 수 있다. 아율라의 아름다움은 참으로 진기한 현상이어서 엄마를 충격에 빠뜨렸다. 너무나 감사했던 엄마는 아들을 낳아야 한다는 생각조차 잊어버렸다.

"소페네 딸 결혼식에 갈 거야. 너희도 같이 가야 해. 너에게 보여줄 사람이 있다."

"아니, 싫어요." 내가 딱딱하게 대답한다.

아율라는 웃으면서 고개를 젓는다. 엄마는 거울을 보면서 얼굴을 찌푸린다.

"코레드, 네가 가야 동생도 간다는 거 잘 알면서. 네 동생이 결혼하지 않길 바라니?" 아율라가 마치 아무 생각 없이 시키는 대로 사는 애라는 투다. 나는 엄마의 말도 안 되는 소리에 반응을 보이지 않기로 한다. 나보다는 아율라의 혼사에 훨씬 관심이 많다는 것도 모르는 척하기로 한다. 사랑이란 게 아름다운 사람을 위해서만 존재한다고 생각하는 거겠지.

어쨌든, 사랑은 엄마의 몫도 아니었다. 출세를 꿈꾸는 모사꾼을 아버지로 두었던 덕에, 결혼을 목적에 이르는 수단이라 치부하는 남자 하나를 겨우 차지할 수 있었을 뿐이다.

겔레 손질이 끝났다. 엄마의 자그마한 머리 위에 위대한 작품이 자리를 잡았다. 머리를 이리저리 기울여보던 엄마가 인상을 쓴다. 겔레를 쓰고, 값비싼 보석으로 치장하고, 멋지게 화장을 했는데도 자신의 외모가 마음에 들지 않는 모양이다.

아율라가 일어나서 엄마의 뺨에 입을 맞춘다. "보세요, 우아해 보이지 않아요?" 그녀가 말한다. 말이 떨어지자마자 그것은 진실이 된다. 엄마는 의기양양해져서 턱을 치켜들고 어깨를 당당하게 편다. 이제 엄마는 최소한 귀족의 미망인쯤은 돼 보인다. "사진 찍어 드릴까요?" 아율라가 휴대폰을 꺼내며 묻는다.

엄마는 아율라의 지휘에 따라 수백 가지 포즈를 취한다. 그러고 나서 두 사람은 자신들의 작품을 죽 넘겨보다가 가장 만족스러운 사진 한 장을 고른다. 허리께에 한 손을 올리고, 웃음을 터뜨리며 고개를 뒤로 젖히고 있는 옆모습이다. 멋진 사진이다. 아율라는 입술을 잘근잘근 씹으면서 휴대폰에 몰두하고 있다.

"뭐 하고 있어?"

"사진을 인스타그램에 올리고 있어."

"너 미친 거니? 바로 좀 전에 포스팅 한 게 뭔지 잊어버린 거야?"

"뭘 포스팅 했는데?" 엄마가 참견을 한다.

나는 온몸에 오싹한 냉기가 흐르는 것을 느낀다. 요즘 들어 사건이 좀 많긴 했지. 아율라가 엄마의 질문에 대답한다.

"저… 페미가 실종됐어요."

"페미가? 네가 사귀던 그 훌륭한 청년 말이냐?"

"네, 엄마."

"하나님 맙소사! 왜 나한테 말 안했어?"

"저… 충격을 받았거든요."

엄마가 아율라에게 달려가 그녀를 꼭 끌어안는다.

"엄마잖니, 나한테는 다 얘기하는 거야. 알겠지?"

"네, 엄마."

물론 그녀는 그렇게 할 수 없다. 엄마에게 모든 것을 다 말할 수는 없다.

교통경찰

나는 차 안에 앉아서 이리저리 오디오의 채널을 돌리고 있다. 달리 할 일이 없다. 교통문제는 이 도시의 골칫거리다. 이제 겨우 새벽 5시 15분인데, 거리를 가득 메운 차들 사이에 끼어 꼼짝을 못하고 있다. 브레이크를 밟았다 떼었다 진절머리가 난다.

고개를 들다가 우연히 라고스교통경찰 한 명과 눈이 마주쳤다. 그들은 늘어선 차량 주변에 숨어서 운 나쁘게 걸려들 먹잇감을 기다린다. 그가 뺨을 물고 인상을 쓰면서 나를 향해 걸어온다.

심장이 덜컹한다. 하지만 수습할 시간이 없다. 떨리는 손을 진정시키려고 운전대를 꽉 움켜쥔다. 페미랑은 아무 상관없는 일이란 건 안다. 페미와 관련이 있을 리 없다. 라고스 경찰은 그렇게 유능하지 않다. 거리의 안전을 지켜야 할 자들이 빈약한 봉급을 메꾸느라 시민의 돈을 뜯으면서 대부분의 시간을 보낸다. 그런 그들이 벌써 냄새를 맡았을 리가 없다.

게다가, 이 남자는 교통경찰이다. 그의 가장 중요한 임무는 신호위반 차량을 쫓는 것이다. 그게 그의 존재 이유다. 현기증이 나는 것을 느끼면서, 나는 스스로를 그렇게 다독인다.

남자가 차창을 두드린다. 나는 창문을 조금 내린다. 그의 화를 돋우지 않을 정도, 하지만 손을 집어넣어 차문을 열지는 못할 정도로만.

그가 내 차 지붕에 한 손을 짚고 허리를 숙인다. 마치 친구끼리 가벼운 담소라도 나누려는 모습이다. 노란 셔츠와 카키색 제복은 빳빳하게 풀을 먹였다. 너무 빳빳해서 세찬 바람에도 꿈쩍 않을 것 같다. 잘 정돈된 제복을 입는다는 것은 자신의 직업을 존중한다는 뜻이다. 최소한 사람들은 그렇게 생각한다. 그의 눈동자는 광대한 사막 한가운데 있는 두 개의 우물처럼 까맣다. 피부는 거의 아율라만큼이나 밝은 색이다. 그에게서 박하 냄새가 난다.

"왜 세웠는지 아시겠어요?"

적색 신호에 멈췄다고 말하고 싶지만, 그런 말을 해봐야 부질없는 상황이라는 것이 누가 봐도 명백하다. 달아날 방법이 없다.

"아니요." 나는 최대한 상냥하게 대답한다. 우릴 잡으려는 거라면, 교통경찰을 보낼 리도 없고, 여기서 이러지도 않을 것이다. 그건 확실하지….

"안전벨트를 안 매셨군요."

"아…." 나는 한숨을 돌린다. 내 앞에 늘어선 차들이 조금 움직이지만, 나는 그럴 수 없다.

"면허증과 등록증을 보여주시죠." 나는 이 남자에게 면허증을 주고 싶지 않다. 그를 차안에 들여놓는 것이나 다를 바 없는 무모한 행동일 수 있다. 이후의 상황을 그의 손에 넘기는 것이다. 내가 즉시 대답을 하지 않자, 그가 차문을 열려고 한다. 문이 잠긴 것을 알고 툴툴댄다. 뭔가 작당을 해보려던 태도를 던져버리고 그가 허리를 꼿꼿이 세운다.

"부인, 면허증과 등록증을 보여 달라고 했습니다!" 그가 큰 소리로 말한다.

보통 날이었다면 그와 맞서 싸웠을 것이다. 하지만 지금은, 이목을 끌면 안 된다. 페미를 최후의 안식처로 실어 나른 차를 운전하고 있는 지금은. 트렁크에 남아있는 표백제 흔적에 신경이 쓰인다.

"경관님," 최대한 공손한 태도로 내가 말한다. "성가실 게 없어요. 실수였어요. 다시 하지 않아요 나는." 나보다는 그에게 어울릴 법한 말투다. 이런 종류의 남자는 교육받은 여자를 보면 화가 나게 마련이다. 그래서 나는 일부러 엉망인 영어를 써보지만, 그런 시도가 오히려 내 교육정도를 더 잘 드러내는 것은 아닌지 걱정스럽기도 하다.

"이 여자가, 문 열어!"

내 주위의 차들은 꾸역꾸역 앞으로 나아가고 있다. 몇몇 운전자가 동정어린 눈길을 보내긴 해도, 나를 도와주려고 차를 세우는 사람은 없다.

"경관님, 제 얘기를 들어보세요. 분명히 사정을 이해하실 거예요." 자존심은 이미 나를 떠났다. 하지만 어쩌겠는가? 지금 말고 다른 때라면, 이 남자를 범죄자라고 부를 것이다. 그게 사실이니까. 하지만 아율라가 저지른 일이 있으니 조심해야 한다. 남자는 팔짱을 끼고, 마음에 들진 않지만, 한 번 들어는 보자는 태도를 취한다. "거짓말 안 해요, 돈 많이 없어요. 하지만 만약에 선생님이…."

"내가 돈을 요구하는 걸로 보이나?" 그가 여전히 차문의 손잡이를 만지작거리면서 묻는다. 멍청한 여자라서 어쩌면 문을 열지도 모른다고 생각하는 모양이다. 그가 몸을 세우고 허리에 손을 얹는다. "저쪽에, 주차 해!"

나는 입을 열었다가 다시 닫는다. 맥없이 그를 쳐다보기만 한다.

"차문 열어. 안 그러면 견인조치하고 영영 못 가져가게 할 테니."

귓속에서 쿵쿵 맥박 뛰는 소리가 들린다. 그들이 내 차를 뒤지게 할 수는 없다.

"경관님, 빌게요, 우리끼리 해결해요." 간절한 나의 목소리가 날카롭게 울린다. 그가 고개를 끄덕이고 주위를 둘러보더니 다시 몸을 앞으로 숙인다.

"무슨 뜻이지?"

나는 지갑에서 3천 나이라를 꺼낸다. 그 정도면 충분하기를, 그래서 얼른 받아주기를 바라면서. 그의 눈이 순간 반짝하다가, 이내 눈살을 찌푸린다.

"이게 뭐야."

"경관님, 얼마면 될까요?"

그가 입술을 핥는다. 입술에 묻은 침이 번들거린다.

"내가 꼬맹이로 보이나?"

"아니에요, 경관님."

"그러면 다 큰 남자가 넉넉히 쓸 만한 돈을 줘야지."

나는 한숨을 쉬면서 2천을 더 얹어준다. 자존심은 이미 나를
떠났다. 돈을 건네받은 그가 근엄하게 고개를 끄덕인다.

"안전벨트를 착용하고 다시는 실수하는 일 없도록."

그가 떨어져 나갔고 나는 안전벨트를 채운다. 이윽고 떨림이
가라앉는다.

접수창구

한 남자가 병원에 들어서더니 곧장 접수창구로 향한다. 키는 작지만, 모자라는 키를 충분히 벌충할 만큼 허리둘레가 나가는 남자다. 그가 우리를 향해 질주하고, 나는 혹시 모를 충격에 대비해 몸에 힘을 준다.

"진료 예약이 있어!"

잉카는 이를 악물고 최선을 다해 미소를 짓는다.

"안녕하세요, 선생님, 성함이 어떻게 되시죠?"

그가 짜증내듯 이름을 알려주고, 그녀는 엄지손가락으로 천천히 파일을 넘기면서 확인한다. 잉카를 재촉하는 건 불가능하다. 약을 올리면 부러 더 늑장을 부리기도 한다. 남자는 금세 초조한 듯 손가락을 두드리다가 발을 동동 구른다. 그녀는 눈을 치뜨고 속눈썹 사이로 그를 응시한다. 그리고는 다시 눈을 내려 파일을 훑는다. 그의 뺨이 불룩해진다. 금방이라도 터질 것 같다. 내가 끼어들어 상황을 좀 식혀볼까도 싶지만, 고함치는 환자를 다루어보는 것도 잉카한테 도움이 되겠지 싶어 그냥 의자에 앉아 지켜본다.

휴대폰에 불이 들어와서 화면을 들여다본다. 아율라다. 벌써 세 번째 걸려온 전화지만 지금은 그녀와 얘기하고 싶은 기분이 아니다. 또 다른 남자를 일찍 저세상으로 보내버리고 연락하는 걸 수도 있고, 아니면 오는 길에 계란을 사달라는 걸 수도 있다. 어느 쪽이 됐든, 나는 전화를 받지 않을 것이다.

"아, 여기 있네요." 잉카가 외친다. 같은 파일을 두 번이나 봤으면서도 계속해서 찾는 척하더라니. 남자가 콧구멍으로 김을 내뿜는다. "선생님, 예약시간보다 30분이 늦으셨네요."

"정말이야?" 이제 그녀가 김을 뿜을 차례다.

오늘 오전은 평소보다 조용하다. 접수창구에서는 대기실 사람들을 모두 볼 수 있다. 둥근 활모양의 대기실 한 쪽으로 접수창구가 있고, 입구와 대형 TV 화면을 마주보는 곳에 소파도 여러 개 놓여있다. 조명을 낮춘다면 개인 영화관처럼 보일 것이다. 소파는 짙은 버건디 색상이지만, 그것을 제외하면 색깔이라고는 찾을 수 없다. 병원에 깃발이 있다면 아마도 흰색일 것이다. 누구나 아는 항복의 표시.

놀이방에서 나온 아이가 엄마에게 달려갔다가 다시 방으로 뛰어간다. 지금 잉카의 신경을 긁고 있는 남자 말고는 차례를 기다리는 사람이 아무도 없다. 그녀는 눈 위로 내려온 몬로비아 식 컬이 들어간 머리카락을 치우며 그를 노려본다.

"오늘 식사를 하셨나요, 선생님?"

"아니."

"네, 좋아요. 차트를 보니 한동안 혈당검사를 안하셨군요. 검사 받으실래요?"

"그러지. 거기 적어둬요. 비용은 얼마나 드나?" 그녀가 가격을 알려주자 그가 볼멘소리를 한다.

"어처구니가 없구만. 그 검사가 나한테 왜 필요한 거지? 당신들, 마치 비용을 대신 내기라도 할 것처럼 아무렇게나 가격만 부르면 그만이지!"

잉카가 내 쪽으로 돌아본다. 내가 아직 거기 있는지, 여전히 그녀를 보고 있는지 확인하려는 것이다. 만약 규칙에 어긋나는 행동을 하게 되면, 세인트 피터스 병원의 법도와 문화에 대해 나한테서 일장연설을 듣게 되리라는 사실을 그녀는 알고 있다. 그녀가 이를 악문 채 미소를 짓는다.

"그럼 혈당검사는 없는 걸로 하겠습니다, 선생님. 앉아 계세요. 순서가 되면 알려드릴게요."

"지금이 아니고?"

"네. 안됐지만 선생님은 현재," 그녀가 시계를 확인한다. "예약보다 40분 늦으셨어요. 의사선생님이 시간이 날 때까지 기다리셔야 합니다."

남자는 퉁명스럽게 고개를 흔들고는 자리에 앉아서 TV를 빤히 쳐다본다. 잠시 후 그가 채널을 바꾸어 달라고 요구한다. 잉카는 들리지 않게 줄줄이 욕설을 내뱉는다. 환한 놀이방에서 아이들이 내지르는 기쁨의 소리와 TV에서 흘러나오는 축구 해설만이 간간이 그녀의 욕설을 덮는다.

춤

아욜라의 방에서 음악소리가 쾅쾅 울린다. 휘트니 휴스턴의
〈누군가와 춤추고 싶어〉를 듣고 있다. M&M 초콜릿 같은 저런
음악보다는, 브리모나 루르드의 노래가 더 어울릴 텐데. 장엄함
혹은 그리움이 깃든 노래 말이다.

샤워를 하고 싶다. 병원의 소독약 냄새를 깨끗이 씻어내고 싶
다. 하지만 샤워 대신 그녀의 방문을 연다. 그녀는 내가 온 것을
눈치 채지 못한다. 골반을 이쪽저쪽 튕기듯 흔들어대는 그녀의
뒷모습이 보인다. 스텝을 밟을 때마다 맨발이 하얀 러그의 털을
쓰다듬는다. 그녀는 리듬에 상관없이 움직이고 있다. 보는 사람
도 없고, 스스로 몸을 제어할 자의식도 없을 때 나올 법한 동작
이다. 며칠 전, 한 남자를 바다에 던졌는데, 그녀는 여기서, 춤을
추고 있다.

나는 문틀에 기대서서 그녀를 본다. 도대체 무슨 생각인지 헤
아려보려 해도 알 수가 없다. 자신의 방 벽에 정성으로 칠해놓
은 '예술작품'만큼이나 그녀는 내게 불가해한 존재다. 그녀에게

화가 친구가 있었다. 그 친구가 흰 벽에다 시커먼 페인트로 붓질을 해놓았다. 하얀색 가구와 천으로 만든 장난감이 늘어선 얌전한 방에는 어울리지 않는 그림이다. 천사나 요정을 그리는 게 나았을 거다. 당시 그 친구는, 자신의 관대함과 예술적 재능을 펼쳐 보이면, 그녀의 마음을 살 수 있으리라 기대했을 것이다. 그것까지는 아니라도, 최소한 침대는 내어줄 거라고. 하지만 그는 키가 작았고 입 크기에 비해 치아가 너무 컸다. 결국 벽화를 그리고 나서 그가 얻은 것은 가벼운 토닥임과 콜라 한 캔이 다였다.

그녀가 음정도 맞지 않는 소리로 노래를 부르기 시작한다. 나는 헛기침을 한다. "아율라."

여전히 춤을 추면서 그녀가 돌아본다. 그녀의 얼굴에 미소가 번진다.

"근무 잘하고 왔어?"

"그럭저럭."

"좋아." 그녀가 엉덩이를 흔들면서 무릎을 굽힌다. "전화했었어."

"바빴어."

"같이 점심이나 할까 했지."

"고마운데, 점심은 늘 병원에서 먹어."

"그래."

"아율라." 내가 부드럽게 다시 말을 꺼낸다.

"응?"

"아무래도 칼을 가져가야겠어."

그녀의 동작이 느려진다. 이제는 그저 팔만 이리저리 흔들고 있다. "뭐라고?"

"칼을 가져가야겠다고."

"왜?"

"음… 너한테 필요 없는 물건이니까."

그녀가 내 말을 곱씹어본다. 종이 한 장을 태우는 정도의 시간이 흐른다.

"아니. 내가 계속 가지고 있을래."

그녀의 춤이 다시 빨라지고, 빙그르르 돌면서 저만치 멀어진다. 다른 방법을 시도해야겠다. 나는 그녀의 아이팟을 집어 들고 볼륨을 낮춘다. 그녀가 다시 돌아보면서 인상을 쓴다. "또 뭐?"

"그걸 가지고 있는 건 좋지 않아. 집을 수색하러 경찰이 들이닥치기라도 하면 어쩌려고. 그냥 석호에 던져버려야 잡힐 위험이 줄어드는 거야."

그녀가 팔짱을 끼고 눈을 가늘게 뜬다. 우리는 잠시 서로를 노려본다. 그녀가 한숨을 쉬면서 팔을 늘어뜨린다.

"그 칼은 나한테 중요해, 언니. 그가 남긴 유일한 물건이야."

이렇게 감상적인 쇼의 대상이 내가 아니라 다른 사람이었다면, 그녀의 말이 의미 있게 들렸을지도 모르겠다. 하지만 나는 못 속인다. 아율라에게 진정으로 감정이란 게 있기는 한지도 수수께끼다.

그녀가 칼을 어디에 두었을까 생각해본다. 피 흘리는 시체가 눈앞에 있을 때 말고는 그 칼을 본 적이 없다. 가끔은 그런 때조차도 칼은 보이지 않았다. 왠지는 모르겠지만, 그 특별한 칼이 그녀의 손에 없을 때 누군가를 찌르는 그녀의 모습은 상상할 수가 없다. 마치 살인의 주체가 그녀가 아니라 그 칼인 것만 같다. 하긴, 그게 그렇게 불가능한 일인가? 물건이 스스로 계획을 가지지 말란 법이 있나? 혹은, 어떤 물건을 거쳐 간 주인들에게 공통의 계획이 있어, 여전히 그 물건을 통해 목표를 이루려하지 않을 거라고 장담할 수 있나?

아버지

아율라는 그 칼을 그에게서 물려받았다. '물려받았다'고 했지만, 사실 그의 시신이 채 식기도 전에 그의 소유물 중에서 그 칼을 아율라가 챙겼다는 뜻이다. 그녀가 그 칼을 가지려한 것이 이해는 된다. 그가 가장 자랑스러워했던 물건이니까.

그는 그것을 칼집에 끼운 채로 서랍에 넣고 잠가두었다. 하지만 자랑하고 싶은 손님이 있을 때는 어김없이 꺼내오곤 했다. 옅은 색깔의 뼈로 만든 칼자루에는 쉼표 같은 무늬가 새겨져 있었는데, 손님들에게 그 무늬를 보여주려고 9인치 길이의 굽은 칼날을 손가락 사이에 잡고 있곤 했다. 그럴 때마다 늘 곁들이는 이야기가 있었다.

어떤 때는, 그 칼이 톰이라는 대학 친구의 선물이라고 했다. 보트 사고에서 그의 생명을 구해 준 보답으로 받은 것이라고. 어떤 때는, 자신을 죽이려던 군인의 손을 비틀어 빼앗은 것이라고 했다. 어떤 거래에 대한 답례로 족장이 준 것이라고도 했다. 그는 이 마지막 이야기를 가장 좋아했다. 아주 성공적인 거래를 마무리하고, 족장은 자신의 딸과 오래 전에 죽은 공예가가 남긴 최후의 칼 중에서 원하는 것을 선택하라고 했다는 것이다. 족장의 딸이 시력이 너무 안 좋아서 칼을 선택했다고 했다.

이런 이야기들이 우리에겐 잠자리에서 듣는 동화나 마찬가지였다. 그래서 우리는, 그가 과장된 동작으로 칼을 꺼내들고 손님들이 본능적으로 움찔 물러나는, 그 순간을 즐겼다. 그는 웃음을 터뜨리면서 칼을 자세히 살펴보라고 손님들을 부추겼다. 손님들이 감탄을 연발하면, 그는 고개를 끄덕이며 그들의 찬사를 한껏 즐겼다. 그리고 드디어, 그가 기다리던 질문이 나온다. "이 칼을 어디서 구했나요?" 그러면 그는 마치 처음 보는 물건인 양 다시 칼을 들여다보면서, 번쩍하고 빛이 반사될 때까지 이리저리 돌리곤 했다. 그리고 그날의 손님에게 가장 적당하다고 생각되는 이야기를 골라 시작하는 것이다.

손님들이 가고 나면 그는 천조각과 윤활유를 이용해 꼼꼼하게 칼에 남은 손자국을 닦았다. 나는 그가 윤활유 몇 방울을 떨어뜨리고, 손가락으로 원을 그리면서 부드럽게 칼날을 문지르는 모습을 지켜보았다. 그에게서 다정함이 느껴지는 유일한 시간이었다. 나의 존재는 거의 의식하지도 못한 채, 그는 그 시간을 천천히 즐겼다. 그가 칼날에 묻은 기름을 씻어내려고 일어서면, 나는 그 자리를 떠났다. 닦아내는 절차는 아직 끝나지 않았지만, 그가 일을 끝내기 전에 사라지는 게 최선이라고 생각했다. 청소하는 동안 그의 기분이 어떻게 변했을지 모르니까.

한번은, 그가 종일 집에 없을 거라고 생각한 아율라가 그의 서재에 들어갔다가, 책상 서랍이 잠기지 않은 것을 발견했다. 그녀는 칼을 한번 보고 싶어서 꺼냈다. 방금 먹은 초콜릿 얼룩이 칼에 묻었다. 그가 돌아왔을 때 그녀는 아직 그 방에 있었다. 그가 괴성을 지르면서 그녀의 머리채를 잡고 밖으로 끌어냈다. 때마침 그 곳에 갔던 나는, 그가 그녀를 복도에 팽개치는 광경을 목격하고 말았다.

그녀가 칼을 챙긴 것이 놀랍지 않다. 내가 이럴 줄 알았으면 망치로 쳐서 부러뜨리기라도 하는 건데.

칼

그것을 저 퀸사이즈 침대 밑이나 서랍장에 보관하고 있나? 벽장에 쌓여있는 옷더미 속에 숨겨 놓았나? 침실을 천천히 훑는 내 눈을 따라 그녀의 눈도 움직인다.

"설마 여기 몰래 들어와서 그걸 가져가려는 건 아니지?"

"너한테 그게 왜 필요한지 모르겠어. 그런 걸 집안에 두면 위험해. 나한테 주면 내가 알아서 잘 처리할게."

그녀는 한숨을 내쉬며 고개를 젓는다.

에쪼 수프

외모에 관한 한, 나는 아버지에게서 물려받은 것이 거의 없다. 엄마를 보면 미래의 내 모습이 보인다. 노력해도 피할 수 없는 현실이다.

엄마는 아래층 거실 소파에 늘어져서 영국 로맨스 소설을 읽고 있다. 그녀가 겪어본 적 없는 종류의 사랑 이야기이다. 그 옆 팔걸이의자에 앉은 아율라는 등을 잔뜩 구부린 채 전화기를 들여다보고 있다. 나는 두 사람을 지나쳐서 부엌문을 열려고 팔을 뻗는다.

"요리 하려고?" 엄마가 묻는다.

"네."

"코레드, 이제 동생도 좀 가르쳐 줘야지. 요리를 못하면 어떻게 남편을 건사하겠니?"

아율라가 입을 삐죽 내밀지만 별 말은 없다. 그녀는 부엌에 들어가는 것을 싫어하지 않는다. 눈에 띄는 대로 맛보는 것은 좋아하니까.

우리 집에서는, 하녀와 내가 대부분의 요리를 한다. 엄마도 요리를 하지만, 아버지가 살아있을 때만큼은 아니다. 반면에 아율라는, 글쎄… 토스터에 빵을 집어넣는 것보다 어려운 일을 뭐 하나라도 할 수 있나 시켜보면 재미있을 것이다.

"그래야죠." 아율라가 따라나서는 것을 보고 내가 말한다.

하녀가 필요한 재료를 모두 준비해두었다. 씻고 다져서 조리대 위에 가지런히 올려놓았다. 그녀가 마음에 든다. 깔끔한 성격인 데다 몸가짐이 차분하다. 무엇보다 중요한 건, 아버지에 대해 아무것도 모른다는 사실이다. 그가 죽고 나서 우리는 하인을 모두 해고했다. '실용적인' 이유에서다. 일 년 동안은 누구의 손도 빌리지 않고 살았는데, 이 정도 크기의 집에 살면서 그렇게 하기는 생각보다 힘들다.

닭이 벌써 끓고 있다. 아율라가 뚜껑을 열자 냄새가 새어나온다. 지방과 마기 소스가 섞여 아주 진한 냄새가 난다. "음." 그녀가 냄새를 들이마시면서 선홍색 입술을 핥는다. 하녀가 얼굴을 붉힌다. "냄새 좋다!"

"고마워요, 아가씨."

"다 됐는지 내가 맛을 좀 봐줘야겠다." 아율라가 미소를 지으며 제안한다.

"시금치 다지는 거나 도와주지 그래."

아율라는 준비가 다 끝난 재료를 본다. "벌써 다져 놨네."

"더 필요해." 하녀가 서둘러 시금치를 더 가져오려고 하지만, 내가 불러 세운다. "아니야, 아율라가 하게 둬."

아율라가 과장되게 한숨을 쉬고는, 식품저장고로 가서 시금치를 가져온다. 그녀가 칼을 들자 나도 모르게 욕실에 쓰러져있던 페미가 떠오른다. 상처에서 멀지 않은 위치에 그의 손이 놓여있었다. 피를 멈추려고 애쓴 것 같았다. 그가 숨질 때까지 시간이 얼마나 걸렸을까? 그녀는 느슨하게 칼을 잡고 있다. 칼날은 아래쪽을 향하고 있다. 그녀가 시금치를 성급하게 대충 다진다. 칼을 다루는 솜씨가 어린아이 같다. 어떤 결과물이 나올지는 아예 관심이 없어 보인다. 그만두라고 하고 싶다. 하녀는 웃음을 참고 있다. 나를 짜증나게 만들려고 일부러 애쓰는 것 같다는 생각도 든다.

그녀에게 신경 쓰지 않기로 마음먹고 냄비에 팜유를 붓는다. 양파와 후추를 넣고 볶는다.

"아율라, 보고 있니?"

"으흠." 조리대에 몸을 기대고 한 손으로는 맹렬하게 문자를 치면서 그녀가 대답한다. 다른 손에는 여전히 부엌칼이 들려있다. 나는 그녀에게 다가가 칼자루를 손아귀에서 빼낸다. 그녀가 눈을 깜박인다.

"잘 봐, 이 다음에 타타세 후추를 넣는 거야."

"알았어."

내가 등을 돌리자마자, 다시 문자를 치는 소리가 들린다. 뭐라 잔소리를 하고 싶지만, 팜유를 불에 올려놓은 지 너무 오래돼서 끓는 소리가 난다. 불을 낮추고 동생은 잠시 잊기로 한다. 때가 되면 배우겠지.

"우리가 만들고 있는 게 뭐라고 그랬지?"

'장난해?'

"에포 수프예요" 하녀가 대답한다.

아율라가 진지한 표정으로 고개를 끄덕인다. 내가 냄비에 시금치를 더 넣으려는데, 그녀가 끓고 있는 냄비 위로 전화기를 갖다 댄다.

"여러분, 에포가 끓는 모습입니다!"

순간, 나는 시금치를 손에 든 채 얼어붙어버린다. 어떻게 스냅챗에 동영상 올릴 생각을 하는 거지? 나는 진저리를 치면서 정신을 차린다. 전화기를 빼앗아 기름 묻은 손으로 삭제 버튼을 누른다. 화면에 얼룩이 생긴다.

"뭐야!"

"아직은 안 돼, 아율라. 너무 이르다고."

세 번째 남자

"페미가 세 번째예요. 셋, 그러면 연쇄살인범이 되는 거죠."

무흐타르의 병실 앞을 지나가는 사람이 있을지 몰라서 나는 조그맣게 속삭인다. 5센티 두께의 나무문쯤은 거뜬히 넘어서, 지나가던 사람의 귀에 들어갈지도 모를 일이다. 혼수상태에 있는 환자에게 비밀을 털어놓는 것 말고는, 어떤 위험도 감수하고 싶지 않다. "셋." 혼자 중얼거린다.

지난밤에는 잠이 오지 않았다. 거꾸로 숫자를 세다가 포기하고 책상에 앉아서 노트북을 켰다. 나도 모르게 '연쇄살인범'이라는 단어를 구글 검색창에 치고 있었다. 새벽 3시였다. 검색결과는 이랬다. 3명 이상을 살해했을 때… 연쇄살인범.

저릿한 느낌이 들어서 다리를 문지른다. 내가 방금 얻은 정보를 아율라에게 알려주는 게 의미가 있을까?

"분명, 마음 깊은 곳에서는 그 애도 알고 있을 거예요, 그렇죠?"

나는 무흐타르를 본다. 그의 턱수염이 다시 자랐다. 최소 2주에 한 번 면도해주지 않으면, 엉킨 수염이 얼굴을 반 넘어 덮어 버린다. 누군가 그의 간병일지를 제대로 살피지 않았나 보다. 이런 경우 대개는 잉카가 범인이다.

복도에서 들리는 희미한 휘파람소리가 점점 가까워진다. 타데다. 그는 노래를 부르지 않을 때면 콧노래를 흥얼거린다. 그것도 시들해지면 휘파람을 분다. 걸어 다니는 뮤직 박스다. 그의 휘파람소리 덕분에 나는 기분이 좋아진다. 문으로 걸어가서 그가 다가오는 시간에 맞춰 문을 연다. 그가 나를 보고 미소를 짓는다.

나는 그에게 손을 흔들다가 너무 반가운 티를 냈나 싶어 스스로를 책망하며 팔을 내린다. 그저 미소만으로도 충분했을 텐데.

"여기 있는 걸 미처 생각 못했네요."

그가 들고 있던 파일을 열어보고는 내게 건넨다. 무흐타르의 파일이다. 거기에 주목할 만한 내용은 전혀 없다. 그의 상태는 좋아지지도 나빠지지도 않았다. 결정을 내릴 순간이 다가오고 있다. 고개를 틀어 무흐타르를 다시 한 번 바라본다. 그는 평화로워 보이고, 그런 그가 나는 부럽다. 눈을 감을 때마다 내게는 죽은 남자가 보인다. 다시는 아무것도 보지 못하게 된다면 어떨까 생각한다.

"당신이 이 환자한테 신경 쓰는 거 알고 있어요. 단지 내가 바라는 건 마음의 준비를 단단히…" 그의 목소리가 점점 작아진다.

"그는 환자일 뿐이에요, 타데."

"알지, 알아요. 어쨌든, 다른 사람의 죽음에 대해 마음 쓰는 건 부끄러운 일이 아니에요."

그가 위로의 뜻으로 내 어깨를 부드럽게 만진다. 무흐타르는 결국 죽을 것이다. 하지만 자신의 피에 잠겨 익사할 일도, 제3 메인랜드 다리 아래 바다 속에서 게들에게 살을 뜯길 일도 없을 것이다. 그의 가족들은 그의 운명을 알 것이다. 타데의 따뜻한 손이 내 어깨에 머물고, 나는 그 손길을 뿌리치지 않는다.

"좀 긍정적인 얘기를 하자면, 당신이 수간호사로 승진할 거라는 소문이 있어요!"그가 갑자기 손을 치우면서 내게 말한다. 그리 놀랄 일은 아니다. 수간호사 자리는 한동안 비어있었다. 나 말고 적임자가 누구겠는가? 잉카? 그 소문보다는 내 어깨를 떠나버린 그의 손에 나는 훨씬 더 관심이 간다.

"좋네요." 내가 말한다. 그가 원하는 답이 그걸 테니까.

"승진하면, 우리 축하파티 해요."

"그럼 좋죠." 그런 일에 무심한 사람처럼 들렸으면 좋겠다.

노래

의사들 중 타데의 진료실이 가장 작았다. 그래도 불평 한 번 한 적이 없다. 혹 불공평하다는 생각을 했더라도 그는 내색을 하지 않았다.

하지만 오늘만큼은 진료실이 작아서 다행이다. 주사바늘을 보더니 어린 소녀가 문으로 달려간다. 다리가 짧아서 그리 멀리 가지는 못한다. 엄마가 소녀를 붙잡는다.

"싫어!" 소녀가 발길질을 하고 할퀴면서 소리를 지른다. 야생에 풀어놓은 닭 같다. 엄마는 이를 악물고 고통을 참는다. 소녀의 엄마는 임신한 모습을 찍으려고 포즈를 취할 때나, 베이비 샤워 파티에서 웃고 떠들 때, 이런 모습을 상상이나 했을까.

타데가 어린 환자를 위해 항상 책상에 놓아두는 사탕통 속으로 손을 집어넣는다. 하지만 소녀는 타데가 내민 막대사탕을 내쳐버린다. 그는 미소를 거두지 않고 노래를 부르기 시작한다. 그의 목소리가 방안을 가득 채우고, 내 머리도 그의 노래에 잠겨든다. 사방이 조용해진다. 당황한 소녀가 동작을 멈춘다. 소녀가 엄마를 올려다본다. 엄마도 그의 목소리에 사로잡혀 꼼짝 않고 서있다. 유치하기 짝이 없는 동요라는 건 아무 문제가 되지 않았다. 그냥 소름이 돋는다. 바다 같은 목소리를 가진 남자보다 아름다운 것이 세상에 있을까?

창문 너머로 아래를 내려다본다. 사람들이 모여서 손가락으로 위를 가리키며 뚫어지게 쳐다본다. 타데는 에어컨을 거의 켜지 않는다. 그래서 창문이 항상 열려있다. 일하는 동안 라고스의 소음을 듣는 게 좋다고 했다. 끝없이 이어지는 자동차 경적과 행상인의 외침과 타이어의 마찰음 같은 것들. 지금은 라고스가 그의 목소리를 경청하고 있다.

소녀는 훌쩍이며 손등으로 콧물을 닦아낸다. 뒤뚱거리며 소녀가 그에게 다가온다. 나이가 더 들면, 소녀는 그를 첫사랑으로 기억할지도 모른다. 그의 매부리코가 얼마나 완벽했는지, 그가 얼마나 감정이 풍부한 눈을 가졌는지 생각할 것이다. 얼굴은 잊어버린다 해도, 그의 목소리는 소녀의 꿈속에 항상 머물 것이다.

그가 소녀를 두 팔로 안아 올려서 휴지로 눈물을 닦아준다. 뭔가 기다리는 듯한 그의 눈을 보고 나는 얼른 몽상에서 빠져나온다. 소녀는 내가 주사기를 들고 다가가는 것을 눈치 채지 못한다. 알코올 솜으로 허벅지를 닦아도 꼼짝하지 않는다. 간간이 코를 훌쩍이거나 딸꾹질을 하는 바람에 목소리가 끊어지긴 하지만, 소녀는 그의 노래를 따라 부르려고 애쓴다. 엄마는 손가락에 낀 결혼반지를 비튼다. 빼버릴까 고민하는 사람처럼. 입가에 고인 침을 닦으라고 휴지를 줘야 하나, 나는 고민한다.

내가 주사기로 약물을 주입하자 소녀가 움찔한다. 하지만 타데가 꽉 붙들고 있다. 다 끝났다.

"정말 용감하구나." 그가 소녀에게 말한다. 소녀가 활짝 웃으며 이번에는 기꺼이 보상을 받아들인다. 체리 맛 막대사탕.

"아이를 참 잘 다루시는군요." 엄마가 다정하게 속삭인다. "자녀가 있으세요?"

"아니요, 없습니다. 하지만 뭐 언젠가는." 그가 완벽한 치아를 드러내고 눈가에 주름을 지으면서 그녀에게 미소 짓는다. 그 미소가 자신만을 위한 것이라고 믿는다 해도 그녀를 나무랄 수는 없다. 하지만 모든 사람에게 그는 그런 미소를 보낸다. 나에게도 그렇게 미소 짓는다. 그녀가 얼굴을 붉힌다.

"결혼은 안하셨죠?" '부인, 두 명의 남편을 원하시는 건가요?'

"아 네, 결혼 안했어요."

"저한테 동생이 있어요. 애가 아주….'

"오투무 선생님, 여기 처방전 나왔습니다."

갑작스런 말에 당황하여 타데가 나를 올려다본다. 진료가 끝나면, 언제나 그렇듯 부드럽게 말할 것이다. 그렇게 환자의 말을 자르면 안 된다고. 환자들은 치료를 위해 병원에 오는 것이지만, 돌봐야 할 것이 몸만이 아닐 때도 있다고.

붉은 색

잉카가 접수창구에 앉아 손톱에 매니큐어를 칠하고 있다. 내가 오는 것을 본 분미가 그녀를 쿡 찌른다. 하지만 경고 따위는 소용없다. 잉카는 나 때문에 하던 일을 멈추지는 않는다. 그녀가 교활한 웃음으로 나를 맞이한다.

"코레드, 신발 멋지다!"

"고마워."

"진품이면 엄청 비쌀 텐데."

분미는 마시던 물이 목에 걸리는 모양이지만, 나는 잉카가 내민 미끼를 덥석 물지는 않을 것이다. 타데의 목소리가 아직 내 몸 안에서 울리며, 아이를 진정시키듯 나를 진정시키고 있다. 잉카를 무시하고 분미에게 말한다.

"지금부터 난 점심시간이야."

나는 음식을 손에 들고 2층으로 가서 타데의 진료실 문을 두드린다. 그가 낭랑한 목소리로 들어오라고 말하기를 기다린다. 또 다른 청소부 김페가―이렇게 청소부가 많으니 병원이 티끌

한 점 없이 깨끗할 거라고들 생각하겠지 — 나를 보고 다 안다는 듯 다정한 미소를 보낸다. 높은 광대뼈가 두드러져 보인다. 나는 그 미소에 답하지 않는다. 나에 대해 아무것도 모르면서. 짜증이 올라오는 것을 누르고 다시 한 번 가볍게 문을 두드린다.

"들어오세요."

나는 간호사 자격으로 그의 진료실에 들어가는 것이 아니다. 밥과 에포 수프를 담은 그릇이 내 손에 들려있다. 내가 들어서자마자 그는 음식냄새를 맡게 될 것이다.

"내가 뭘 했다고 이런 영광을?"

"좀체 점심시간에 쉬지를 않으셔서…. 그래서 점심을 갖다 드려야겠다고 생각했어요."

그가 그릇을 받아들고 안을 들여다보면서 깊게 숨을 들이마신다. "이걸 직접 만들었어요? 냄새가 환상적이에요!"

"좀 드세요." 그에게 포크를 건네자 맛있게 먹기 시작한다. 그가 눈을 감고 한숨을 내쉰다. 다시 눈을 뜨더니 나를 보고 미소를 짓는다.

"이건… 코레드… 세상에… 당신은 정말 멋진 아내가 될 거예요."

내 얼굴에는 사진 한 장에 담기 힘들 만큼 커다란 함박웃음이 번진다. 마치 발가락 끝까지 웃는 기분이다.

"나머지는 나중에 먹을게요." 그가 나에게 말한다. "이 보고서를 끝내야 해서."

나는 책상 모서리에 앉아 있다가 일어서면서 그릇은 나중에 가지러 오겠다고 말한다.

"코레드, 진심으로 고마워요. 당신은 최고예요."

대기실에서 한 여인이 우는 아기를 앞뒤로 흔들며 달래고 있다. 하지만 아기는 울음을 그치지 않는다. 접수부에서 기다리고 있는 다른 환자들이 짜증스러워 한다. 나도 짜증이 난다. 나는 혹시라도 아기가 관심을 보일까 싶어 딸랑이를 들고 그녀에게 간다. 그때 출입문이 열린다.

아율라가 걸어 들어오자 모든 사람이 고개를 돌리고 그녀를 본다. 나는 딸랑이를 든 채 제자리에 멈춰 서서 상황을 이해하려고 애쓴다. 마치 그녀가 햇살을 몰고 오는 것 같다. 밝은 노란색 셔츠드레스는 그녀의 풍만한 가슴을 감추지 못한다. 끈으로 된 녹색 힐은 그녀의 작은 키를 커 보이게 한다. 손에는 20센티가 넘는 무기도 충분히 들어갈 만한 흰색 클러치를 들고 있다.

그녀가 나를 보고 웃으며 느긋한 걸음걸이로 다가온다. 어떤 남자가 '젠장'하고 나지막이 중얼거리는 소리가 들린다.

"아율라, 여긴 웬 일이야?" 내 목소리는 긴장감으로 딱딱하다.

"점심시간이잖아!"

"그래서?"

그녀는 내 질문에 대답도 하지 않고 간호사 데스크를 향해 미끄러지듯 걸어간다. 간호사들의 시선이 자신에게 모이자 그녀는 최대한 멋진 미소로 화답한다. "제 언니 친구분들이죠?"

간호사들이 입을 벌렸다가 다시 다문다.

"당신이 코레드 동생이에요?" 잉카가 간신히 한마디 내뱉는다. 아윤라와 나의 외모를 비교하면서 한 핏줄이라는 증거를 찾아보려고 애쓰는 티가 역력하다. 닮은 데가 없진 않다. 입도 똑같고 눈도 똑같다. 하지만 아윤라는 브라츠 인형처럼 생긴 반면나는 부두교의 조각상처럼 생겼다. 이론의 여지는 있지만, 잉카는 세인트 피터스 병원 직원 중에서 가장 매력적인 외모의 소유자다. 앙증맞은 코와 길쭉한 입술. 하지만 그녀의 매력도 아윤라 옆에서는 하찮은 것이 된다. 잉카도 잘 알고 있다. 그녀는 비싸게 치장한 머리카락을 손가락으로 배배꼬면서 어깨를 뒤로젖히고 있다.

"이게 무슨 냄새지?" 분미가 묻는다. "이건 뭐랄까… 이건 정말…."

아윤라가 데스크 너머로 몸을 기대고 분미의 귀에 무언가 속삭이고는 다시 허리를 세운다. "이건 우리 둘만의 작은 비밀이에요, 알았죠?" 그녀가 분미에게 윙크한다. 늘 무표정한 분미의 얼굴이 환해진다. 더는 참지 못하고 나는 데스크 쪽으로 걸어간다.

바로 그때, 타데의 목소리가 들리고 내 심장박동이 빨라진다. 나는 아윤라를 잡아 출구 쪽으로 끌고 간다.

"왜 그래 언니!"

"가라구!"

"뭐? 왜? 왜 그렇게…."

"무슨 일…." 타데의 목소리가 잦아들더니 말을 잇지 못한다. 내 몸 안의 피가 차가워진다. 아율라가 내 손에서 빠져나간다. 상관없다. 이미 늦었다. 그는 이미 아율라를 보았고 동공이 커지고 있다. 그가 외투를 고쳐 입는다. "무슨 일이죠?" 갑자기 허스키한 목소리를 내며 그가 다시 묻는다.

"저는 코레드 동생이에요." 그녀가 당당하게 알려준다.

그가 그녀와 나를 번갈아 보다가 다시 그녀에게로 눈길을 돌린다. "동생이 있었어요?" 질문은 나한테 하면서도 눈은 여전히 그녀를 보고 있다.

아율라가 삐죽 입술을 내민다. "내가 부끄러운가 봐요."

그가 그녀를 향해 미소 짓는다. 친절한 미소다. "그럴 리가요. 누가 당신을 부끄러워하겠어요? 미안합니다, 제가 이름을 못 들었어요."

"아율라예요." 여왕이 신하에게 하듯 그녀가 손을 내민다.

그가 그녀의 손을 잡고 부드럽게 힘을 준다.

"저는 타데라고 합니다."

학교

아율라는 아름다운데 나는 그렇게… 아름답지 않다는 사실을 정확히 언제 깨달았는지, 그 시점을 꼭 집어 말할 수는 없다. 하지만 나의 부족함을 아주 오래 전부터 알고 있었다는 것만은 확실하다.

중학교는 때로 잔인한 곳이 되기도 한다. 남학생들은 콜라 병 모양의 8자형 여학생과 막대기 같은 1자형 여학생의 목록을 만들곤 한다. 여학생을 그린 그림에다 그들의 장점과 단점을 과장되게 채워 넣고는 온 세상이 다 보라는 듯 학교게시판에 붙인다. 선생님이 눈에 띄는 대로 떼어내기는 하지만, 그림을 붙였던 핀에는 비웃음처럼 종잇조각이 남는다.

나를 그린 적도 있다. 고릴라 같은 입술에 눈 말고는 아무것도 안 보이는 그런 얼굴이었다. 남자애들은 미숙하고 멍청하니, 그 애들이 나를 원하지 않아도 아무 상관없다고 나는 스스로 위로했다. 나에게 접근하려는 애들이 몇 명 있기는 했다. 관심을 주기만 해도 감지덕지 그들이 원하는 대로 다 해줄 거라고 생각

했기 때문이었다. 나는 남학생들과 거리를 두고 지냈다. 남자한
테 정신이 팔린 여학생을 조롱했고, 입맞춤을 한다고 비난했으
며, 사사건건 업신여겼다. 나는 그 모든 것을 초월해 있었다. 그
게 거짓 없는 나의 진심이었다.

2년을 보내면서, 나는 단단해졌고 동생을 보호할 준비가 되
어있었다. 동생도 나랑 똑같은 대접을 받게 될 거라고 나는 확
신하고 있었다. 어쩌면 나보다 더 심한 대접을 받게 될지도 모
른다고 생각했다. 매일 울면서 내게 올 거고 그러면 나는 그녀
를 감싸 안고 달래주리라 생각했다. 둘이 함께 세상에 맞서리
라.

동생이 등교한 첫날에 데이트 신청을 받았다는 소문이 돌았
다. 그것도 상급반 남학생에게서. 전례가 없는 일이었다. 상급
반 남학생들은 신입생에게 관심이 없다. 관심이 있더라도 공개
적으로 드러내는 일은 거의 없었다. 그녀는 데이트를 거절했다.
하지만 그 사건이 무엇을 의미하는지 나는 아주 똑똑히 알게 되
었다.

얼룩

"난 그냥 점심시간을 같이 보낼까 하고 생각했던 것뿐이야."

"아니. 넌 내가 어떤 데서 일하나 보고 싶었던 거야."

"근데 그게 뭐가 문제니, 코레드?" 엄마가 외친다. "네가 거기서 일한 지 일 년이 됐는데, 네 동생은 한 번 가보지도 못했잖니!" 엄마는 그렇게 말하고 새삼 몸서리를 쳤다. 아율라가 부당하게 고통을 겪는다고 느껴질 때면 늘 그 모양이다.

하녀가 부엌에서 스튜를 들고 나와서 식탁에 차린다. 아율라가 손을 뻗어 한 그릇 덜어간다. 엄마와 나는 아직 덜지도 않았는데 아말라 포장을 벗기더니 스튜에 뜯어 넣는다.

우리는 직사각형 식탁을 마주하고 늘 앉던 자리에 앉아있다. 엄마와 나는 왼쪽, 아율라는 오른쪽에. 그전 식탁의 상석에 놓여있던 의자는 마당 바깥에 가져가서 숯덩이가 될 때까지 태워버렸다. 우린 그 일에 대해 말하지 않는다. 우린 그 남자에 대해 말하지 않는다.

"타이우 고모가 오늘 전화했더라." 엄마가 말을 꺼낸다.

"아, 그래요?"

"응. 너희들이 좀 자주 소식을 전해주면 좋겠다고." 엄마는 말을 멈추고 우리 중 하나라도 무슨 반응이 있기를 기다린다.

"오크로 수프 좀 건네주실래요?" 내가 청한다.

엄마가 오크로를 건네준다.

"그나저나," 전화 건에 대해서 둘 다 관심을 보이지 않으니 엄마는 화제를 돌린다. "아율라 말로는 네 병원에 매력적인 의사가 있다던데."

내가 오크로 접시를 떨어뜨리는 바람에 수프가 식탁에 쏟아진다. 녹색의 얇은 막을 형성하면서 금방 꽃무늬 식탁보에 스며든다.

"코레드!"

나는 헝겊으로 얼룩을 닦는다. 엄마의 목소리는 들리지도 않는다. 걱정이 돼서 미칠 것만 같다.

아율라의 시선이 느껴져 진정해 보려고 노력한다. 하녀가 달려와 얼룩을 닦는다. 하지만 젖은 행주로 닦으면 닦을수록 얼룩은 점점 넓게 번져간다.

집

나는 아무도 치지 않는 피아노 위에 걸린 그림을 바라보고 있다.

중고차를 깨끗이 손질하여 대리점에 새 차로 넘기는 거래를 성사시키고 나서, 그는 이 그림을 주문했다. 결국 그의 부정한 거래가 창조한 그림이다. 왜 자신이 사는 집을 그림으로 갖고 싶어 하고, 그것을 실제 집 안에다 걸어놓고 싶어 할까?

어렸을 때 나는 이 그림 앞에 서서 그림 속으로 들어가고 싶다는 생각을 했다. 우리의 대역들이 수채화로 그린 벽 안에서 살고 있다는 상상을 했었다. 푸른 잔디 너머, 하얀 기둥과 육중한 오크문 안에서 웃음과 사랑이 피어나는 모습을 상상했다.

화가는 나무를 향해 짖고 있는 개 한 마리까지 그려 넣었다. 우리에게 개가 있었다는 사실을 알기라도 한 것처럼. 부드러운 갈색 털을 가진 개가 있었는데, 어느 날 그의 사무실에 소변을 보는 실수를 저지르고 말았다. 그 후 다시는 그 개를 보지 못했다. 화가가 이 사실을 알았을 리 없다. 그런데도 그림 속에는 개

한 마리가 있었고, 맹세컨대, 가끔 개 짖는 소리가 내 귀에 들리기도 했다.

그림 속의 집은 실제 우리 집과는 비교도 안 되게 아름답다. 영원히 지속되는 분홍빛 새벽, 결코 시들지 않는 잎사귀와 가지, 노랑이나 보라의 비현실적인 색조로 물든 나무들이 정원을 에워싸고 있다. 그림 속의 외벽은 언제나 산뜻한 흰색이지만, 실제 우리 집은 한 번도 다시 칠한 적이 없어서 누렇게 빛이 바래 있다.

그가 죽고, 현금이 필요했던 나는 그가 구매한 그림을 모두 팔아치웠다. 상실감은 크지 않았다. 집도 처분할 수만 있었다면 그렇게 했을 것이다. 하지만 그는 아무것도 없는 땅에다 덩그러니 남부 스타일의 집을 지었고, 그 정도 크기의 집을 사겠다고 나서는 사람이 없었다. 게다가 대지 관련 서류가 석연치 않은 부분이 있어서 임대도 담보대출도 할 수가 없었다. 좀 작은 아파트로 옮기려는 계획은 실행되지 못했고, 대신 다채로운 역사를 자랑하는 웅장한 저택을 최선을 다해 가까스로 유지해왔다.

침실에서 부엌으로 가는 길에 그림을 한 번 더 힐끗 쳐다본다. 그림 속에는 아무도 없다. 오히려 다행스런 일이다. 하지만 눈을 가늘게 뜨고 보면, 창문에 여자처럼 보이는 그림자가 어른거린다.

"네 동생은 너랑 함께 있고 싶은 거야. 그 애한테는 네가 제일 좋은 친구인 거지." 엄마의 말이다. 엄마가 다가와서 내 옆에 선다. 엄마는 아직도 아율라가 어린애라는 듯이 말한다. 하지만 아율라는 성인이다, 거절당해 본 경험이 없을 뿐.

"걔가 가끔 네 직장에 간다고 무슨 방해가 되겠니?"

"거긴 병원이에요, 엄마. 공원이 아니라구요."

"어, 알아. 근데 너 너무 자주 저 그림을 들여다보는구나." 엄마가 화제를 돌린다. 나는 그림에서 시선을 떼고 피아노로 눈길을 옮긴다.

저 피아노도 팔았어야 했는데. 나는 피아노 뚜껑에 손가락을 대고 쓱 문지른다. 먼지 위에 긴 줄이 생긴다. 엄마가 한숨을 쉬면서 걸어 나간다. 피아노에 먼지 한 톨 남지 않을 때까지 닦고 또 닦을 거라는 걸 알기 때문이다. 나는 비품 수납장으로 가서 걸레를 집어 든다. 이 걸레로 우리 기억도 깨끗이 지워버릴 수 있다면 얼마나 좋을까.

휴식

"동생이 있는 걸 몰랐네요."

"음."

"내 말은, 당신이 어느 학교를 다녔는지, 첫 남자친구가 누구였는지도 다 아는데. 시럽 뿌린 팝콘을 좋아한다는 것까지 말이죠."

"꼭 한 번 그렇게 드셔보세요."

"그런데 동생이 있는 건 몰랐어요."

"뭐, 이젠 아시잖아요."

나는 돌아서서 금속 쟁반 위에 있는 주사바늘을 치운다. 그가 해도 되겠지만, 그가 편히 일하게 해주고 싶다. 그는 책상에 앉아, 앞에 놓인 종이에다 글씨를 휘갈기고 있다. 아무리 날려 써도, 그의 글씨는 큼지막하고 끊김이 없다. 깔끔하고 읽기 좋은 글씨다. 종이를 긁는 펜 소리가 멈추고, 그가 목청을 가다듬는다.

"동생이 사귀는 사람이 있나요?"

나는 바다 속에 잠들어 물고기 밥이 되고 있을 페미를 떠올린다. "지금은 없어요."

"없어요?"

"네. 한동안은 아무도 안 만날 거예요."

"왜죠?"

"관계가 늘 안 좋게 끝나는 경향이 있거든요."

"아… 멍청한 남자들도 있으니까요." 남자 입에서 이런 말이 나오다니 이상하다. 타데는 언제나 세심한 사람이었는데.

"동생 번호를 나한테 알려주면 동생이 싫어할까요?" 나는 바다 속으로, 페미 곁으로, 떠내려가는 타데를, 그 옆으로 헤엄치며 지나가는 물고기를 상상한다.

나는 주사기를 조심스럽게 다시 쟁반에 올려놓는다. 잘못해서 찔리면 안 된다.

"동생한테 물어볼게요." 아율라한테 아무것도 물어볼 생각이 없지만 그에게는 그렇게 대답한다. 그가 그녀를 만나지만 않는다면, 그녀에 대한 관심도 마치 따뜻한 날 어디선가 불어온 한 줄기 바람처럼 그의 마음 저편으로 서서히 사라질 것이다.

결점

"그러니까, 같은 부모 밑에서 난 자매라는 거지?"

"나보고 언니라고 하는 거 들었잖아."

"친자매가 확실해? 동생은 뭐랄까 좀 혼혈처럼 보이던데."

잉카가 나를 정말로 화나게 만들려고 작정을 했다. 슬픈 사실은, 그녀의 질문이 내가 살면서 들어본 가장 불쾌한 질문도 아닐 뿐더러, 드물게 듣는 질문도 아니라는 것이다. 어쨌든, 아율라는 키가 작다. 키 작은 것도 흠이라면, 그것이 그녀의 유일한 결점이다. 반면에 나는 180센티가 넘는다. 아율라의 피부는 크림과 카라멜 사이의 자연스러운 색이지만 나는 껍질을 벗기지 않은 브라질너트처럼 까맣다. 아율라는 온 몸이 곡선이지만 내 몸을 이루는 선들은 딱딱하기 그지없다.

"아이모 박사님께 엑스레이 준비됐다고 알렸어?" 내가 쏘아붙인다.

"아니, 어…."

"그럼 알려 드려."

변명할 기회를 주지 않으려고 나는 그녀 곁을 떠난다. 아씨비는 2층에서 병상을 정리하고 있는데, 바로 내 눈앞에서 모하메드가 김페에게 수작을 걸고 있다. 두 사람은 가까이에서 마주보고 서있다. 모하메드는 벽에 손을 짚고 그녀에게 몸을 기울이고 있다. 벽에 난 손자국은 스스로 닦아야 할 것이다. 두 사람에게는 내가 보이지 않는다. 모하메드는 나를 등지고 있고 김페는 시선을 내리깐 채 그가 내뱉고 있는 꿀처럼 달콤한 칭찬에 흠뻑 빠져있다. 김페는 저 남자의 냄새를 못 맡나? 아마 그럴 것이다. 김페도 악취를 풍기기는 마찬가지니까. 땀 냄새, 감지 않은 머리 냄새, 세제 냄새, 다리 밑에서 썩어가는 시체 냄새….

"코레드 간호사님!"

나는 퍼뜩 정신이 들었다. 두 사람이 사라졌다. 아마도 생각에 빠져 한동안 어둠 속에 서있었나 보다. 분미가 약간 놀란 듯이 나를 쳐다본다. 그녀가 몇 번이나 내 이름을 불렀을까. 그녀는 속을 알 수 없는 사람이다. 전두엽이 별로 활동을 하지 않는 것 같다.

"무슨 일이야?"

"동생이 아래층에 와 있어요."

"뭐라고?"

그녀가 대답할 새도 없이, 엘리베이터를 기다리지도 않고, 나는 계단을 뛰어 내려간다. 하지만 접수부에 아율라가 보이지 않는다. 나는 숨이 차서 헐떡인다. 병원에 동생이 나타나면 내가 얼마나 당황하는지 아마도 동료들은 눈치 챘을 것이다. 그래서 그들이 나를 놀리고 있는 건지도 모른다.

"잉카, 내 동생 어디 있어?" 숨을 몰아쉬면서 내가 말한다.

"아율라 말이야?"

"그래. 동생이 그 애 말고 누가 있다고."

"내가 어떻게 알아? 동생이 있다는 것조차 몰랐는데. 형제가 열 명은 되는지 어떻게 아냐고."

"그래, 알았고, 내 동생은 어딨어?"

"오투무 박사님 진료실에 있어."

나는 계단을 두 칸씩 뛰어 올라간다. 타데의 진료실은 엘리베이터를 정면으로 마주보고 있다. 그래서 2층에 올 때마다 그의 진료실 문을 두드리고 싶은 유혹을 느낀다. 아율라의 웃음소리가 복도에 진동한다. 그녀의 웃음소리는 아주 크고 깊고 거리낌이 없다. 세상에 근심이라고는 없는 사람의 웃음이다. 이런 경우에는, 노크할 필요도 없다.

"아! 코레드, 어서 와요. 동생을 뺏어서 미안해요. 두 사람이 점심 데이트를 하기로 했다던데." 나는 그들의 모습을 본다. 그는 책상 뒤에 앉아있지 않았다. 앞에 놓인 두 개의 의자에 아율라와 나란히 앉아있었다. 타데는 의자를 틀어 그녀와 마주보고 있었다. 그것도 부족했는지 팔꿈치를 무릎에 괸 채 몸을 앞으로 내밀고 있다.

아율라는 오늘 등판이 없는 흰색 탑을 골라 입었다. 밝은 분홍색의 레깅스를 입고 레게머리를 머리꼭대기에 틀어 올리고 있다. 머리가 너무 무거워 보이지만 그녀는 허리를 꼿꼿이 세우

고 있다. 손에 타데의 전화기를 들고 있다. 분명히 자신의 전화
번호를 저장하는 중일 것이다.

나를 바라보는 그들의 눈길에는 전혀 죄책감의 흔적이 없다.

"아율라, 점심 같이 못한다고 말했잖아."

내 말투에 타데가 깜짝 놀란다. 그는 얼굴을 찌푸리면서도 말
은 하지 않는다. 예의바른 사람이라 자매간의 말다툼에는 끼어
들지 못한다.

"아, 괜찮아. 내가 그 착한 잉카한테 말했더니 언니 대신 일해
주겠다고 그랬어." '아, 잉카가 그랬다고? 어련하실까.'

"괜한 부탁을 했네요. 그거 말고도 저는 할 일이 많답니다."

아율라의 입이 뿌루퉁해진다. 타데가 헛기침을 한다.

"있잖아요, 제가 아직 점심을 안했거든요. 괜찮다면, 가까운
곳에 멋진 식당을 하나 아는데."

사라토비를 말하는 것이다. 훌륭한 스테이크 요리를 먹을 수
있는 곳이다. 내가 그 곳을 발견하고 바로 다음날 그를 데리고
갔었다. 잉카가 따라붙긴 했지만, 그래도 내게는 잊을 수 없는
시간이었다. 타데가 아스널 서포터라는 것도, 그가 한때 프로
풋볼 선수가 되려했다는 것도 그날 알게 된 사실이다. 그가 외
동아들이라는 것도, 그가 야채를 그렇게 좋아하지 않는다는 것
도 그날 알았다. 그런 시간을 다시 가지게 되기를 바랐다. 잉카
없이. 그러면 더 많은 사실을 알게 되었겠지.

아율라가 그를 향해 활짝 웃는다.

"정말 좋아요. 전 혼자 밥 먹는 게 싫어요."

플래퍼 스타일

그날 저녁 아율라의 방문을 벌컥 열고 들어가 보니, 그녀는 책상에 앉아 새로운 의상디자인을 스케치하고 있다. 자신이 디자인한 옷을 직접 입고 SNS에 올리면, 다 소화하지 못할 정도로 주문이 밀려든다. 마케팅 전략이다. 멋진 몸매의 미인을 보면, 적당한 옷과 어울리는 액세서리를 갖추기만 하면 그들처럼 멋지게 보일 거라고 사람들은 생각한다.

레게머리가 그녀의 얼굴을 가리고 있다. 하지만 나는 보지 않아도 안다. 집중하느라 입술을 깨물고 눈썹을 찌푸리고 있을 것이다. 책상에는 깔끔하게 스케치북, 펜 그리고 물 세 통만 놓여있다. 한 통은 거의 비었다. 그 외에는 모두 엉망이다. 옷장에서 비어져 나온 옷이 바닥에 흩어져 있고, 침대 위에도 쌓여있다.

나는 발치에 있는 셔츠를 집어 들고 개킨다.

"아율라."

"왜 그래?" 그녀는 돌아보지도, 고개를 들지도 않는다. 나는 옷가지를 하나 더 집어 든다.

"내가 일하는 곳에 이제 안 오면 좋겠어."

드디어 그녀가 관심을 보인다. 연필을 내려놓더니 나를 향해 몸을 돌린다. 땋은 머리카락도 같이 돈다.

"왜?"

"직장이랑 집에서의 생활을 분리하고 싶어."

"알았어." 그녀가 어깨를 으쓱하고는 다시 하던 일로 돌아간다. 내가 서있는 곳에서 그녀의 디자인이 보인다. 20년대 플래퍼 스타일*의 드레스다.

"그리고 타데와 얘기하는 것도 그만뒀으면 해."

그녀가 머리카락을 한쪽으로 젖히고 얼굴을 찡그리면서 나를 다시 돌아본다. 찡그린 얼굴을 보게 되다니 이상한 일이다. 거의 그런 일이 없는데.

"왜?"

"그 사람이랑 뭔가 시작하는 게 현명한 일이 아니라는 생각이 들어."

"내가 그를 해치게 될까봐?"

"그런 얘기가 아니야."

그녀가 말을 멈추고 내가 한 말을 곰곰이 생각한다.

"그 사람 좋아해?"

"진짜로 그런 뜻이 아니야. 지금은 네가 누군가를 만날 때가

---

* 플래퍼룩은 깃과 소매가 없는 짧은 드레스와 직선 실루엣, 진한 화장, 보브 헤어가 특징. 소년스러운 장난기를 강조했다 – 옮긴이.

아니라고 생각하는 거야."

"내가 그랬지, 그때는 어쩔 수가 없었다고. 내가 말했잖아."

"아무도 만나지 않고 잠깐이라도 지내보는 게 너한테 필요하다고 생각해."

"언니가 그 사람을 원하는 거면, 그냥 그렇다고 말해." 그녀가 말을 멈추고 내게 소유권을 주장할 시간을 준다. "게다가, 알다시피, 그 사람 그렇게 특별하지도 않아."

"무슨 소리를 하는 거야?" 그는 아주 다르다. 친절하고 섬세하다. 아이들에게 노래도 불러 주는 사람이다.

"깊이가 없어. 그가 원하는 건 예쁜 얼굴밖에 없어. 남자들이 원하는 건 언제나 그것뿐이지."

"넌 그 사람을 몰라!" 예상보다 내 목소리가 크다. "그는 친절하고 섬세하고, 그리고 그는…."

"그가 어떤 사람인지 내가 증명이라도 해 보일까?"

"그냥 그 사람이랑 더 이상 말 섞지 마, 알았어?"

"글쎄, 원하는 걸 항상 얻을 수는 없지." 그녀는 의자를 돌리고 하던 일을 계속한다. 방을 나왔어야 했는데. 그런데 그 대신, 나머지 옷을 집어 들고 하나씩 개기 시작한다. 분노와 자기연민을 꾹꾹 누르면서.

마스카라

손이 흔들린다. 화장을 할 때는 손이 안정되어 있어야 하는데, 나는 통 익숙해지지가 않는다. 나의 불완전함을 화장으로 가린다고 무슨 의미가 있을까 싶다. 볼일을 보고 나서 화장실에 공기청정제를 뿌리는 것만큼이나 헛된 일이다. 결국에는 향수 뿌린 똥냄새가 될 것이 뻔하다.

옆에 놓인 노트북 화면에 유튜브 동영상이 흐르고 있다. 나는 화장대 거울을 보며 동영상의 여자를 따라하려고 애쓰지만, 똑같이 하기가 힘들다. 그래도 포기하지 않는다. 속눈썹에 마스카라를 칠한다. 속눈썹이 뭉쳐버린다. 뭉친 속눈썹을 떼려다가 손가락에 마스카라가 묻는다. 눈을 깜박이니, 파운데이션을 발라 놓은 눈 주변에 검은 마스카라 자국이 찍힌다. 파운데이션 바르는 데 한참이 걸렸는데, 얼룩이 남는 게 싫어서 파운데이션을 덧칠한다.

거울을 들여다보며 작업이 잘 되었는지 검사한다. 달라 보이긴 하는데, 더 좋아진 건지는… 모르겠다. 달라는 보인다.

핸드백에 담을 물건이 화장대 위에 늘어서 있다.

휴대용 휴지 두 팩, 30cc 물통 하나, 응급처치 세트 하나, 물휴지 한 통, 지갑, 핸드크림 하나, 립밤 하나, 전화기, 탐폰 하나, 강간 대비용 호루라기 하나.

기본적으로, 모든 여성의 필수품이다. 숄더백에 물건을 잘 정리해 넣고 침실을 걸어 나온 다음 조심스럽게 문을 닫는다. 엄마와 동생은 아직 자고 있다. 하지만 하녀는 부엌에서 부산하게 움직이고 있다. 하녀를 보러 내려간다. 그녀는 언제나처럼 나에게 오렌지, 라임, 파인애플, 생강을 함께 갈아 만든 주스를 잔에 담아 건넨다. 몸을 깨우는 데는 과일주스만 한 것이 없다.

시계가 5시를 알리고, 나는 집을 나서 이른 아침의 분주한 거리를 지나간다. 5시 30분, 병원에 도착한다. 이 시간이면 병원이 아주 조용해서 목소리를 낮추게 된다. 접수창구 뒤쪽에 가방을 던져놓고 선반에서 업무일지를 꺼내 밤사이 특별한 일이 없었는지 살펴본다. 등 뒤의 문 하나가 삐걱대며 열리는가 싶더니 곧바로 치치가 내 옆에 와 있다. 치치는 근무가 끝났다. 그런데 가지 않고 미적거린다. "아하, 화장했네?"

"네."

"무슨 좋은 일 있어?"

"그냥 앞으로는….."

"놀랄 일이 끝이 없다더니, 파운데이션을 듬뿍 발랐잖아!"

가방에서 물휴지를 꺼내 즉시 화장을 구석구석 다 지워버리고 싶지만 참는다.

"남자친구가 생긴 거야, 그치?"

"뭐라고요?"

"나한테는 말해도 돼. 우린 친구잖아." 그녀에게는 말할 수 없다. 치치는 내가 말을 채 끝내기도 전에 소문을 퍼뜨릴 사람이다. 게다가 우린 친구도 아니다. 나를 안심시키려고 그녀가 미소를 짓는다. 하지만 표정이 자연스럽지 않다. 그녀는 내가 태어나기 한참 전에 사춘기가 지난 나이인데도 아직 여드름이 한창이다. 그것을 감추려고 이마와 뺨에 너무 밝은 색의 컨실러를 덕지덕지 발라 놓았다. 선명한 붉은색 립스틱이 입술 주름 사이사이에 끼어있다. 차라리 조커가 나를 보고 웃는 게 더 마음 편하겠다.

9시가 되어 타데가 도착한다. 아직 의사가운을 걸치지 않았기 때문에 셔츠 안에 숨겨진 근육이 살짝 드러난다. 나는 애써 근육에 눈길을 주지 않으려고 한다. 근육이 페미를 연상시킨다는 생각을 떨쳐버리려고 노력한다. 타데가 처음으로 한 말은 '아율라 잘 있어요?'. 전에는 내 안부를 묻곤 했다. 동생은 잘 있다고 대답한다. 그가 신기하다는 듯이 내 얼굴을 유심히 들여다본다. "화장을 하는 줄 몰랐어요."

"원래는 안 해요. 뭔가 변화를 주고 싶어서… 어때요?"

내가 그린 작품을 찬찬히 들여다보면서 그가 얼굴을 찌푸린다.

"안 한 게 더 좋은 거 같네요. 피부가 좋잖아요. 정말 매끈한 피부예요."

그가 내 피부에 대해 알고 있었다니!

틈이 나기를 기다렸다가 나는 화장을 지우려고 슬며시 화장실로 들어간다. 세면대 위에 달린 거울에서 입술을 오므리고 있는 잉카의 모습을 발견하고는 그대로 멈춘다. 조용히 뒷걸음질 치는데 그녀가 내 쪽으로 고개를 돌리고 눈썹을 치켜 올린다.

"왜 그러고 있어?"

"아무것도 아니야. 나가는 중이야."

"금방 들어와 놓고….."

그녀가 미간을 좁히며 즉시 의심의 눈초리를 보낸다. 그녀가 나에게 다가온다. 화장한 내 모습을 보고 비웃음을 날린다.

"세상에나, 그 좋던 '자연스러움'이 이렇게 망가지는구나."

"시험 삼아 해본 것뿐이야."

"타데 박사님의 마음을 얻으려는 시험?"

"아니야! 말도 안 돼."

"장난이야. 타데 박사님은 아율라랑 맺어질 운명이란 걸 우리 둘 다 알잖아. 두 사람은 정말 멋지게 어울려."

"맞아. 그렇지."

잉카가 나를 보고 싱긋 웃는다. 하지만 그 미소에는 비웃음이 담겨있다. 그녀가 내 곁을 스치고 나간 후, 나는 참았던 숨을 내쉰다. 세면대로 달려가서 가방에 든 물휴지를 꺼내 얼굴을 문지른다. 화장이 깨끗이 닦이지 않아 손에 물을 받아서 얼굴을 씻는다. 화장 자국과 함께 눈물까지 씻어낸다.

난초

지독히도 선명한 색깔의 난초 꽃다발이 집으로 배달되었다. 아율라에게 온 것이다. 그녀는 몸을 기울이고 줄기 사이에 꽂혀 있는 카드를 집어 든다. 그녀가 웃음 짓는다.

"타데가 보냈네."

그가 보는 그녀의 모습이 저런 건가? 이국적인 아름다움? 가장 아름다운 꽃도 결국은 시들고 빛을 잃는다는 사실을 상기하며 나는 스스로를 위로했다.

그녀가 전화기를 꺼내 내용을 입으로 말하면서 메시지를 입력하기 시작한다. "저. 사실은. 장미를. 더. 좋아해요." 그녀를 막아야 해. 타데에게 저런 메시지는 안 돼. 타데는 자기가 하는 행동에 대해 생각이 많은 사람이다. 꽃집에 들어간 타데가 여러 가지 꽃다발을 살펴보고, 품종이나 관리에 대해서도 질문하고 난 다음, 모든 정보를 얻은 상태에서 결정을 내리는 모습이 내 눈에는 그려진다. 나는 집에 있는 화병 중 하나를 골라 꽃을 꽂고 가장 잘 보이는 테이블에 올려놓는다. 벽은 크림색으로 가라

앉아 있지만, 꽃이 거실을 환히 밝혀준다.

"전송."

그녀의 메시지를 받고 그는 깜짝 놀랄 것이다. 실망하고 상처받겠지. 그러다가, 그러다가, 그녀가 자신과는 맞지 않는다는 것을 깨닫고 결국 포기할지도 모른다.

정오에, 희고 붉은 장미로 만든 엄청난 꽃다발이 집에 도착한다. 아율라는 옷감을 사러 나갔기 때문에 하녀가 꽃다발을 나에게 전해준다. 하녀도 나도, 그 꽃다발이 누구에게 온 것인지 잘 안다. 아율라의 숭배자들이 보낸 이미 시들어 가는 장미가 늘 우리 집 테이블을 장식했지만, 타데의 장미는 다르다. 터질 듯한 생기가 넘친다. 나는, 속이 뒤집힐 정도로 달콤한 꽃향기를 애써 들이마시지 않는다. 그리고 애써 눈물을 참는다.

거실에 들어온 엄마가 꽃을 목표로 정하고 다가간다.

"누가 보낸 거니?"

"타데요." 나도 모르게 대답한다. 아율라는 외출 중인데다, 누가 보냈는지 카드도 열어보지 않았으면서.

"그 의사 말이니?"

"네."

"오늘 아침에 이미 난초를 보냈는데?"

한숨이 나온다. "네. 그런데 장미를 또 보냈어요."

엄마의 얼굴에 꿈결 같은 미소가 번진다. 엄마는 마음속으로 이미 혼례 예복을 고르고, 결혼식에 초청할 손님들의 명단을 짜고 있다. 엄마를 꽃과 환상 속에 남겨두고 내 방으로 돌아온다.

지금처럼 내 침실에 생기가 없어 보인 적이 있었을까?

저녁이 되어 귀가한 아율라가 손가락으로 장미를 만지더니 사진을 찍어 SNS에 올리려고 한다. 내가 다시 한 번 그녀에게 상기시킨다. 남자친구가 한 달째 실종상태이며, 지금 그녀는 비탄에 잠겨 있어야 할 때라고. 그녀가 뿌루퉁해진다.

"얼마 동안이나 지루하고 슬픈 사진만 올려야 되는 거야?"

"아무것도 안 올리면 되잖아."

"그래도 얼마 동안?"

"일 년 정도."

"말도 안 돼."

"그보다 짧으면, 너는 기껏해야 형편없는 인간으로 비칠 거야"

그녀가 나를 빤히 들여다본다. 내가 이미 자신을 형편없는 인간이라고 생각하는 건 아닌지 알고 싶은 눈치다. 요즘 나는 무슨 생각을 어떻게 해야 할지 모르겠다. 페미가 나를 사로잡고 있다. 그가 허락도 없이 불쑥불쑥 내 머릿속으로 밀고 들어온다. 그래서, 내가 잘 안다고 생각했던 것들을 의심하게 만든다. 날 좀 내버려뒀으면…. 하지만 그의 말, 자신을 표현하는 그만의 방식, 그리고 그가 지닌 아름다움 때문에 그는 누구보다 돋보인다. 그런데 지금 그녀의 행동은 어떤가. 그보다 앞선 두 번의 경우에는 최소한 눈물이라도 흘리더니.

장미

잠이 오지 않는다. 침대에 누워서 이리저리 몸을 뒤척인다.
에어컨을 켰다가 다시 끈다. 결국, 침대에서 일어나 방을 나선
다. 집안은 조용하다. 하녀마저 잠이 들었다. 거실로 나간다. 꽃
이 어둠에 저항하고 있는 것 같다. 장미에 다가가서 꽃잎을 만
진다. 꽃잎 한 장을 뜯어낸다. 그리고 또 한 장. 그리고 또. 시간
은 천천히 흐르고, 나는 그곳에 잠옷 바람으로 서서 연이어 꽃
잎을 뜯고 있다. 뜯어진 꽃잎이 발밑에 흩어진다.

아침이 되자, 엄마의 외마디 비명이 들린다. 꿈결에 그 소리
를 듣고 나는 잠에서 깬다. 담요를 젖히고 계단참으로 달려 나
간다. 아율라의 방문이 열린다. 계단을 쏜살같이 내려가는 내
뒤로 아율라가 따라오는 소리가 들린다. 머리가 아파온다. 지난
밤, 나는 아름다운 꽃다발 두 개를 갈가리 뜯어 놓았고, 지금 엄
마가 그 앞에 서있다. 누군가 침입했던 게 틀림없다고 믿으며.
하녀가 거실로 뛰어 들어온다.

"현관문은 잘 잠겨 있어요, 사모님." 그녀가 엄마에게 우는 소리를 한다.

"그럼… 도대체 누가… 너야?" 엄마가 하녀에게 소리 지른다.

"아니에요, 사모님. 제가 그런 짓을 할 리가요, 사모님."

"그러면 이게 어떻게 된 일이야?"

내가 얼른 무슨 말이든 하지 않으면, 엄마는 하녀 짓이라고 결론 내리고 그녀를 해고할 것이다. 하녀 말고 그럴 사람이 없지 않은가? 움츠린 하녀에게 분노를 쏟아내는 엄마를 보면서 나는 입술을 깨문다. 하녀가 온몸을 떤다. 콘로우 식으로 땋아 구슬장식을 붙인 그녀의 머리도 함께 떨린다. 그녀는 비난받을 이유가 없다. 나는 사실을 말해야 한다. 하지만 나를 덮쳤던 그 감정을 어떻게 설명할까? 질투를 느꼈다고 고백해야 하나?

"제가 그랬어요."

내가 아니라 아율라의 입에서 나온 말이다.

고함을 지르던 엄마가 갑자기 멈춘다. "아니… 네가 왜….."

"어젯밤에 싸웠어요. 타데랑요. 그 사람이 싸움을 걸었어요. 그래서 제가 꽃을 다 뜯어놓은 거예요. 안 보이게 던져버렸어야 했는데. 잘못했어요."

아율라는 안다. 내가 그랬다는 걸. 나는 고개를 숙이고 바닥에 깔린 꽃잎을 본다. 나는 왜 저것들을 치우지 않고 그대로 뒀을까? 지저분한 건 질색인데. 엄마는 고개를 저으며 이해해보려고 애를 쓴다.

"내 생각에는… 네가 사과를 했으면 싶구나."

"네, 벌써 화해했어요."

하녀는 빗자루를 가지러 간다. 그녀가 남아있는 나의 분노까지 모두 쓸어낼 것이다.

아율라와 나는 간밤에 일어난 일에 대해 아무 얘기도 하지 않았다.

아버지

어느 날이었나, 그가 상스러운 말을 내뱉으며 나를 내려다보고 있었다. 그가 선반 위의 그 지팡이를 잡으려고 팔을 뻗었다. 그리고… 고꾸라졌다. 바닥에 쓰러지면서 그는 유리로 만든 커피테이블에 머리를 부딪혔다. 그의 피는 우리가 TV에서 보던 것보다 밝은 색이었다. 나는 조심스럽게 몸을 일으켰고 카우치 뒤에 몸을 숨기고 있던 아율라도 앞으로 나왔다. 우리는 그를 내려다보았다. 처음으로 우리 키가 더 컸다. 그의 몸에서 생명이 새어나오는 것을 지켜보았다. 이윽고, 나는 수면제를 먹고 잠든 엄마를 깨우고 말했다. 다 끝났다고.

그리고 10년이 흘렀다. 그를 기리며, 그의 삶에 경의를 표하는 기념파티를 열어야 한다. 그렇게 하지 않으면, 주변 친척 지인들에게 대답하기 곤란한 질문을 받게 될 것이다. 불필요한 의심을 사지 않으려면 철저하게 속여야 한다.

"집에서 하면 되지 않을까?" 계획을 의논하려고 거실에 어색

하게 모여 있는 가족을 향해 엄마가 제안한다.

타이우 고모가 고개를 흔든다. "안 돼, 너무 좁아. 성대한 기념식을 해야지. 오빠는 그럴 자격이 있어."

지옥에서 성대히 기념하고 있을 거라고 나는 확신한다. 아율라가 눈을 굴리고 껌만 씹어대면서 대화에 끼려고 하지 않는다. 가끔 한 번씩, 타이우 고모가 걱정스러운 눈길로 그녀 쪽을 흘깃거린다.

"어디서 하고 싶으세요, 고모?" 차갑지만 예의를 갖추고 내가 묻는다.

"레키에 정말 좋은 장소가 있어." 고모가 그 곳의 이름을 알려주고, 나는 숨을 삼킨다. 고모가 보태겠다고 한 액수는 그런 장소를 빌리는 데 드는 비용의 반에도 못 미친다. 고모는 당연히 우리가 아버지 돈을 조금 꺼내 쓰고, 자신은 흡족한 기분으로 친구들에게 술과 샴페인을 퍼주며 으스댈 수 있기를 기대한다. 아버지를 위해서는 한 푼도 쓰고 싶지 않지만 겉치레에 신경 쓰는 엄마는 고모의 의견에 동의한다. 협상이 끝나고, 타이우 고모는 소파에 느긋하게 기대고 우리에게 웃어 보인다.

"그런데 너희들 만나는 사람은 있니?"

"아율라는 의사랑 사귀고 있어요!" 엄마가 공표한다.

"아, 잘됐구나. 너희는 나이 들어가지, 경쟁은 치열하지. 여자애들이 장난이 아니야. 어떤 애들은 결혼한 남자를 뺏기까지 해!" 타이우 고모도 그런 여자 중 한 사람이다. 전 주지사가 유부남이었을 때 만나서 결혼했으니까. 고모는 호기심이 많은 여자다. 두바이에서 올 때마다 우리 집에 오는데, 우리가 고모를 싫어해도 상관하지 않는 것 같다. 고모에게는 자식이 없다. 그래서 우리를 딸처럼 생각한다는 말을 수도 없이 했다. 우리는 한 번도 그렇게 생각한 적이 없다.

"쟤들한테 말 좀 해주세요. 이 집에서 평생 살 작정인가 봐요."

"있잖니, 남자들은 잘 변한단다. 그들이 원하는 걸 줘 봐, 그러면 뭐든 해주고 싶어 하지. 길고 윤기가 흐르는 머리카락을 유지해라. 아니면 좋은 옷감에 돈을 들이든지. 남자를 위해 요리를 하고 그 사람 집이나 사무실로 음식도 보내고. 친구들 앞에서 남자의 자존심을 세워주고 친구들을 잘 대접해야 해. 대접한 만큼 네 남자도 대접 받는 거야. 남자 부모님 앞에서는 무릎을 꿇고, 중요한 날마다 찾아뵈어야지. 이렇게만 하면 남자가 바로, 바로, 네 손가락에 반지를 끼워주게 되어있어."

엄마가 점잖게 고개를 끄덕인다. "정말 훌륭한 조언이에요."

물론, 나랑 아율라는 듣고 있지 않다. 아율라는 남자관계에 관한 한 도움이 필요했던 적이 없고, 나 역시, 도덕적인 기준도 없는 사람에게서 삶의 지침을 구하기에는 아는 것이 너무 많다.

95

팔찌

금요일 저녁 7시, 타데가 그녀를 데리러 온다. 그는 시간을 지키지만, 아율라는 당연히 지키지 않는다. 사실, 그녀는 아직 샤워도 하지 않았다. 침대에 몸을 뻗치고 누운 채 자동으로 소리를 보정한 고양이 동영상을 보면서 낄낄대고 있다.

"타데 왔어."

"빨리 왔네."

"7시 지났어."

"아!"

하지만 그녀는 꼼짝도 하지 않는다. 나는 다시 아래층으로 내려가서 아율라가 아직 준비 중이라고 타데에게 알린다.

"괜찮아요. 서두를 것 없어요."

엄마는 타데 맞은편에 앉아서 입이 귀에 걸리도록 환하게 웃고 있다. 나도 엄마 옆에 앉는다.

"하던 얘기 계속하세요."

"네, 저는 부동산에 관심이 많습니다. 사촌과 함께 이베주-레키에 다세대 주택을 짓고 있어요. 완공까지는 세 달 정도가 남았는데, 벌써 5가구나 입주를 신청했어요!"

"대단하네요!" 감탄사를 던지면서 엄마는 이 남자의 가치를 속으로 계산하고 있다. "코레드, 손님께 뭐 좀 내 오렴."

"뭐 드실래요? 케이크? 비스킷? 포도주? 차?"

"번거롭게 하고 싶지 않은데…."

"다 가져오렴, 코레드." 나는 부엌으로 간다. 부엌에서 하녀가 인기리에 방영중인 틴셀 드라마를 보고 있다. 나를 보고는 벌떡 일어나서 함께 식품저장실을 뒤진다. 음식을 가지고 돌아왔을 때도, 아율라는 아직 거실에 나타나지 않았다.

"맛있어요." 타데가 케이크를 한입 베어 물더니 큰 소리로 외친다. "누가 만든 거죠?"

"아율라가 만들었어요." 엄마가 눈으로 나에게 경고의 사인을 보내면서 얼른 대답한다. 말도 안 되는 거짓말이다. 그것은 달콤하고 부드러운 파인애플 업사이드다운 케이크다. 하지만 아율라는 계란 프라이 하나도, 절대, 만들 줄 모른다. 간식거리를 찾을 때나, 억지로 떠밀려서가 아니라면 부엌에 들어가는 일도 거의 없다.

"우와." 행복한 표정으로 음식을 씹으면서 그가 말한다. 엄마의 대답에 그는 무척 흐뭇해졌다.

계단을 마주보고 앉아 있던 내가 가장 먼저 아율라를 본다. 내 시선이 향하는 곳을 보려고 타데가 몸을 튼다. 그가 숨을 들이키는 소리가 들린다. 아율라는 자신을 충분히 감상하라는 듯 계단에 멈추어 서있다. 몇 주 전에 스케치하던 플래퍼 드레스를 입었다. 황금색 비즈가 그녀의 피부와 멋지게 어울린다. 레게머리는 한 가닥으로 길게 꼬아서 오른쪽 어깨에 드리우고 엄청나게 높은 힐을 신었다. 보통 여자였으면 벌써 계단에서 굴러 떨어졌을 것이다.

타데가 천천히 일어서더니 그녀를 맞으러 계단 아래로 간다. 그가 양복 안주머니에서 길쭉한 벨벳 상자를 꺼낸다.

"아름다워요… 당신을 위해 준비했어요."

아율라가 선물을 받아 열어본다. 엄마와 내가 다 볼 수 있도록 황금 팔찌를 높이 들어 보이면서 그녀가 미소 짓는다.

시간

#페미듀란드실종 해시태그가 #나이지리아졸로프vs케냐졸로프 해시태그에 밀려났다. 사람들이 으스스한 이야기에 끌리긴 해도 그리 오래가지는 못한다. 그렇게 페미의 실종 소식은 어느 나라의 잡탕밥이 더 맛있느냐는 논쟁에 묻혀버렸다. 게다가 실종자는 어린아이가 아니라 서른 살이 다된 남자였다. 나는 SNS에 달린 댓글을 읽는다. 어떤 사람은 그가 라고스에 염증을 느끼고 떠나버렸을 거라고 한다. 어떤 사람은 그가 자살했을지도 모른다고 했다.

페미에 대한 관심이 사라지는 것을 막으려고, 그의 여동생이 그의 블로그에 있는 시를 올리기 시작했다. 별 수 없이 나는 그 시를 읽는다. 그는 무척 재능이 있었다.

나 그대의 품 안에서
고요를 찾았네
매일같이 찾아 헤매던

그 허무를.
그대는 비어있고
나는 차오르네.
완전히 잠기네.

이 시가 그녀를 두고 쓴 것인지 궁금하다. 만약 그가 알았다면….

"뭘 보고 있어?"

나는 노트북을 닫는다. 내 침실 문간에 아율라의 모습이 보인다. 나는 그녀를 향해 눈을 가늘게 뜬다.

"페미랑 무슨 일이 있었는지 다시 들려줘." 내가 그녀에게 부탁한다.

"왜?"

"따지지 말고 그냥."

"그 얘기는 하고 싶지 않아. 생각도 하기 싫어."

"그 사람이 너를 공격하려고 했다고 그랬지."

"응."

"예를 들자면, 너를 움켜잡았어?"

"응."

"그래서 너는 달아나려고 했고?"

"응."

"하지만… 칼자국은 그 남자 등에 있었어."

그녀가 한숨을 쉰다. "그러니까, 나는 겁먹고 있었고, 그런데 어느 순간 피가 보이는 거야. 모르겠어."

"왜 겁이 났어?"

"그가 나를 협박했어. 나를 칠 것 같았어. 나를 꼼짝 못하게 구석으로 몰았어."

"하지만 왜? 그 사람이 왜 그렇게 화가 났는데?"

"왠지는… 기억이 안나. 내 전화기에서 다른 남자의 메시지나 뭐 그런 걸 봤나. 갑자기 흥분하더라고."

"그래서, 그 사람이 너를 구석으로 몰았는데 칼은 어떻게 꺼냈어? 가방에 있었잖아, 안 그래?"그녀가 말을 멈춘다.

"음… 몰라… 몽롱한 상태였어. 할 수만 있다면 되돌리고 싶어. 모두 되돌리고 싶다고."

무흐타르

"동생을 믿고 싶어요. 정당방위였다고 믿고 싶은데… 그러니까, 제 말은, 처음에는 정말 화가 나더라고요. 솜토는 당해도 싸다고 생각했어요. 그 사람은 아주… 질척거리는 사람이었어요. 늘 자기 입술을 핥아대고, 늘 동생을 만지고. 언젠가는 자기 거시기를 긁적대는 걸 본 적도 있다니까요."

무흐타르는 꼼짝하지 않는다. 나의 상상 속에서 무흐타르가, 자기 불알을 긁는 게 죄는 아니지 않냐고 말한다.

"물론 아니죠. 하지만 그 사람 캐릭터에 딱 들어맞는 행동이에요. 그러니까 그 사람은… 질척거리는 데다 전반적으로 더러운 사람이라, 동생이 그 사람을 비난하면 신뢰가 갔어요. 두 번째로 피터는… 수상쩍은 사람이었어요. 말로는 '사업'을 한다고 했는데, 질문을 하면 언제나 질문으로 맞받아쳤거든요."

나는 몸을 뒤로 기대면서 눈을 감는다. "그래서 모두들 싫어했어요. 하지만 페미는… 그 사람은 달랐어요…."

달라야 얼마나 달랐겠냐고 무흐타르가 의구심을 보인다. 페

미도 피터나 숌토처럼 아율라의 외모에 사로잡히지 않았겠냐
는 투다.

"모든 사람이 그래요, 무흐타르…."

무흐타르가 자기는 안 그렇다고 한다. 나는 웃음을 터뜨린다.
"그녀를 본 적도 없으면서."

병실 문이 갑자기 열리자 나는 의자에서 벌떡 일어난다. 타데
가 병실로 들어온다.

"여기 있을 거라고 생각했어요." 그가 의식 없는 무흐타르의
몸을 내려다본다.

"이 환자한테 진심으로 마음을 쓰는군요."

"가족이 전처럼 자주 오질 않아요."

"그래요, 슬픈 일이네요. 하지만 세상사가 다 그런 거 아닌가
요. 환자가 교수였던데."

"여전히 교수죠."

"네?"

"교수라고요. 교수였다고 과거형으로 말씀하셨어요. 환자는
아직 살아있어요. 아직요."

"아! 그래요. 제가 실수했어요. 미안."

"저를 찾으셨다면서요?"

"음… 아율라한테서 소식이 없어서요." 나는 다시 의자에 앉
는다.

"몇 번 전화를 했는데 받지를 않는군요."

내가 조금 당황했다는 것을 부정하지 않겠다. 무흐타르에게

아율라와 타데에 대해서는 말하지 않았다. 무흐타르가 무척 유감스러워하는 것이 느껴진다. 얼굴이 화끈거린다.

"원래 전화를 잘 안 해요."

"알아요. 하지만 이번엔 달라요. 2주 동안 한 번도 통화를 못했으니… 나 대신 그녀랑 얘기 좀 해줄래요? 내가 뭘 잘못했는지 물어봐 줘요."

"저는 끼어들지 않는 게…."

"부탁해요, 저를 위해 해줘요." 그가 굽실거리면서 내 손을 잡는다. 자신의 가슴께로 내 손을 끌어당기고는 한동안 그렇게 있는다.

"제발."

안 된다고 말해야 하는데, 내 손을 감싼 그의 손에서 전해지는 온기가 나를 어지럽게 만든다. 그래서 나도 모르게 고개를 끄덕인다.

"고마워요. 신세를 지네요."

그 말을 던지고, 그는 무흐타르와 기계장치들 속에 나를 버려두고 떠난다. 너무 어처구니가 없어서 나는 그 곳에 오래 있을 수가 없다.

목격자

페미의 가족이 그의 집을 매물로 내놓기 위한 준비를 하려고 청소부를 보냈다. 이제는 그를 잊어야 한다고 생각하는 거겠지. 그런데 청소부가 소파 등받이 틈에서 피 묻은 냅킨을 발견했다. 스냅챗을 통해 이 소식이 퍼져나갔고, 페미에게 무슨 일이 일어났든 간에 스스로 원한 일은 아니라는 사실을 온 세상이 알게되었다. 그의 가족은 다시 의문을 품게 되었다.

아율라는 내게 자기가 아마 거기 앉았었나 보다고 말한다. 소파에 피가 묻을까봐 소파시트에 냅킨을 깔았던 것 같다고. 그리고는 잊어버린 것 같다고….

"괜찮아, 만약 사람들이 물으면 페미가 코피를 흘렸다고 말하면 되지 머." 그녀는 화장대 앞에 앉아서 레게머리를 손질하고 있다. 나는 주먹을 쥐락펴락하면서 그 뒤에 서있다.

"아율라, 만약 네가 감옥에 가게 되면….'

"죄 지은 사람만 감옥에 가는 거야."

"첫째, 죄 지은 사람만 감옥에 간다는 건 사실이 아니야. 둘

105

째, 너는 사람을 죽였어."

"정당방위였어. 판사도 이해할 거야, 그렇지?" 그녀는 뺨에 블러셔를 바른다. 아율라는 모든 일이 자기 뜻대로 돼야만 하는 세상에 살고 있다. 중력의 법칙만큼이나 확실한 법칙이다.

아율라는 화장을 하게 내버려두고, 나는 계단 꼭대기에 앉아 벽에 이마를 기댄다. 머릿속에 번개가 치는 것 같다. 벽이라도 시원해야 하는데, 날씨가 너무 덥다. 그래서 아무런 위안도 얻지 못한다.

불안할 때면, 나는 무흐타르에게 마음을 털어놓는다. 하지만 그는 병원에 있고, 나의 공포를 함께 나눌 사람이 여기에는 아무도 없다. 엄마에게 사실을 말하면 어떻게 될까, 하고 수도 없이 생각한다.

"엄마…."

"응."

"아율라에 대해서 할 얘기가 있어요."

"너희 또 싸웠니?"

"아니에요, 엄마. 저… 페미와 관련된 일이에요."

"실종됐다는 그 사람 말이니?"

"음, 실종된 게 아니고요. 그 사람 죽었어요."

"얘!!! 오, 하나님!"

"네… 어… 있잖아요… 아율라가 죽인 거예요."

"너 왜 그러니? 왜 동생 탓을 하는 거야?"

"아율라가 전화로 저를 불렀어요. 제가 봤어요…. 그 사람 시체, 그리고 피."

"닥쳐! 이게 농담할 일이니?"

"엄마… 전…."

"닥치라고 했다. 아율라는 훌륭한 성품을 가진 아름다운 아이야…. 혹시 질투 때문에 이런 끔찍한 소리를 하는 거니?"

안 될 일이다. 엄마를 끌어들이는 건 아무 의미가 없다. 그건 엄마에게는 곧 죽음을 의미한다. 혹은, 그런 일이 있었다는 사실 자체를 완전히 부정할 것이다. 불려가서 시체를 묻은 사람이 엄마 자신이어도 사실을 인정하지 않을 것이다. 그리고는 나를 책망할 것이다. 내가 언니니까―아율라는 내 책임이다.

언제나 그런 식이었다. 아율라가 유리잔을 깨도 그녀에게 음료수를 준 내 탓이었다. 아율라가 낙제를 해도 잘 가르쳐주지 않은 내 탓이었다. 아율라가 돈을 내지 않고 가게에서 사과를 들고 나와도 그녀를 배고프게 한 내 탓이었다.

만약 아율라가 잡히게 되면 무슨 일이 벌어질까 생각해본다. 단 한 번이라도, 스스로의 행동에 책임을 져야 한다면 어떻게 될까. 자신의 죄를 어떻게든 빠져나가려고 요령을 부리는 그녀를 상상해본다. 그런 상상을 하니 기분이 좋아진다.

잠깐 동안 즐거움을 누리던 나는 머릿속에서 그 상상을 지워버린다. 그는 나의 동생이다. 그녀가 감옥에서 썩는 건 나도 원하지 않는다. 게다가 아율라라면 판사도 자신의 결백을 믿게 만들 것이다. 그녀의 행동은 희생자들 탓이며, 그녀는 그런 상황에서 이성적이고 매력적인 사람이 할 만한 행동을 했을 뿐이라고.

"아가씨?"

나는 고개를 든다. 하녀가 내 앞에 서있다. 손에 물 잔을 들고 있다. 나는 잔을 받아서 이마에 댄다. 유리잔이 얼음처럼 차다. 나는 눈을 감고 한숨을 내쉰다. 고맙다는 인사를 하자 하녀는 올 때처럼 조용히 자리를 뜬다.

쿵쾅대는 소리가 난다, 미친 듯이 크게, 내 머릿속에서. 나는 옷을 완전히 차려입은 채 침대에 누워있다. 일어나기 싫어서 끙끙대며 뒹군다. 어두워진 시간, 쿵쾅대는 소리는 내 머리가 아니라 문에서 들려온다. 일어나 앉아보지만, 아까 먹은 진통제가 여전히 강력한 효과를 발휘하고 있다. 걸어 나가서 문을 연다. 아율라가 나를 밀어젖히고 들어온다.

"제길, 제길, 제길. 그들이 우릴 봤어!"

"뭐라고?"

"보라구!" 아율라가 전화기를 얼굴에 들이민다. 나는 전화기를 받아든다. 스냅챗 화면이 열려있고, 동영상에 페미 여동생이 보인다. 흠잡을 데 없이 화장을 했지만, 어두운 얼굴이다.

"여러분, 이웃 한 분이 나서 주셨습니다. 이전에는 별로 중요한 일이 아니라고 생각해서 말씀을 안 하셨다는데요, 피 얘기를 듣고 나서는 아는 대로 다 말해주시겠답니다. 그날 밤 오빠의 아파트에서 여자 두 명이 나가는 것을 보셨다고 합니다. 두 명이요! 아주 또렷하게 보지는 못했지만 그 중 한 명이 아율라였다는 건 꽤 자신하시는군요. 오빠와 사귀던 바로 그 아가씨 말입니다. 아율라는 함께 있던 제2의 여성에 대해 우리에게 말해주지 않았습니다. 그녀는 왜 거짓말을 하는 걸까요?"

오싹한 한기가 온 몸을 아래위로 훑고 지나간다.

아율라가 갑자기 손가락을 튕긴다.

"있잖아, 생각이 떠올랐어!"

"무슨 생각?"

"언니가 나 몰래 그 사람이랑 잠자리를 하고 있었다고 말하는 거야."

"뭐?!"

"그런데 내가 들어와서 언니를 발견한 거야. 나는 그 사람이랑 끝내기로 하고 나왔고 언니가 나를 따라 나온 거야. 하지만 험담하는 게 싫어서 나는 아무 말도 안 해. 그 사람…."

"너 정말 기가 막힌다."

"봐, 언니가 나쁜 사람이 되긴 하겠지만, 대안이 없잖아."

나는 머리를 흔들며 전화기를 건네고 나가라고 한다.

"알았어, 알았어…. 그 사람이 중재를 원해서 언니를 불렀다고 하면 어때? 나는 관계를 끝내고 싶어 하는데, 그 사람은 언니가 나를 설득할 수 있을 거라고 생각해서…."

"아니면… 이건 어때? 그 사람이 언니랑 관계를 끝내고 싶어 했고, 언니는 내가 두 사람 사이를 중재해줄 수 있을 거라고 생각했고, 그런데 언니는 너무 창피해서 말을 못 했다고."

아율라가 입술을 깨문다. "그 정도면 사람들이 정말로 믿어줄까?"

"나가."

욕실

혼자서 방안을 서성인다.

페미의 부모는 대중의 호기심과 경찰의 직업의식을 깨우기에 충분한 재력을 소유하고 있다. 이제 그들이 느끼는 두려움과 혼란에 모두의 이목이 쏠리고 있다. 그들은 답을 요구할 것이다.

어른이 된 후 처음으로, 그가 있었으면 하고 바란다. 그라면 어떻게 해야 할지 알 것이다. 그에게 모든 상황을 맡길 수 있었을 것이다. 그는 딸이 저지른 쓰라린 실수 때문에 자신의 명성이 무너지는 것을 허락하지 않을 사람이다. 그라면 이미 수 주 전에 이 모든 문제를 잘 은폐했을 것이다.

하기는, 그가 살아있었다면 아율라가 이런 일을 저지르지도 않았겠지. 아율라는 오로지 그의 징벌만을 두려워했으니까.

나는 침대 위에 앉아서 페미가 죽던 날 밤을 되짚어본다. 두 사람 사이에 싸움이든 뭐든 벌어진다. 아율라는 칼을 지니고 있다. 그녀는 다른 여자들이 탐폰을 가지고 다니듯 칼을 가지고 다닌다. 그녀가 그를 찌르고는 나에게 전화를 하려고 욕실에서 나온다. 소파에 냅킨을 펼치고 그 위에 앉는다. 나를 기다리는 것이다. 내가 도착하고, 함께 시체를 옮긴다. 사람들의 눈에 띌 가능성이 가장 높은 순간이다. 내가 아는 한, 우리가 시체를 옮기는 모습을 본 사람은 아무도 없다. 하지만 100퍼센트 확신할 수는 없다.

내 방은 잘 정돈되어 있다. 더 이상 정리하거나 청소할 필요가 없다. 책상 위에는 노트북이 놓여있고 충전기는 깔끔하게 감아서 케이블 타이로 단단히 고정해 두었다. 침대 맞은편에 안락의자가 있다. 의자 위에 어질러진 물건은 하나도 없다. 늘 드레스 패턴과 여러 색깔의 천에 파묻혀 있는 아율라의 의자와는 다르다. 침구는 개어져있고 침대시트는 팽팽하게 여며져 있다. 수납장은 속이 보이지 않게끔 닫혀있다. 그 안에는 접거나 걸어놓은 옷들이 색깔별로 잘 정리되어있다. 그래도 욕실만큼은 아무리 자주 청소해도 충분하지가 않다. 그래서 소매를 걷어 붙이고 화장실로 간다. 세면대 아래 수납장에는 먼지와 세균을 잡는 데 필요한 모든 것이 들어있다. 장갑, 표백제, 살균 물휴지, 살균 스프레이, 스펀지, 변기 세정제, 다목적 세정제, 다중표면 세정제, 변기 청소솔과 용기, 냄새방지용 쓰레기봉투. 나는 장갑을 끼고 다중표면 세정제를 꺼낸다. 잠깐 생각할 시간이 필요하다.

심문

페미의 부모가 아율라를 심문하라고 경찰을 보낸다. 페미의 가족은 이제 예의를 차리는 데 지친 모양이다. 경찰이 집으로 찾아오고, 엄마는 나에게 다과를 내오라고 한다.

잠시 후, 아율라, 엄마, 나, 이렇게 세 사람과 경찰 두 명이 식탁에 둘러앉는다. 경찰은 케이크와 콜라를 먹고 마시느라 부스러기를 튀겨가면서 우리에게 질문을 한다. 더 젊은 경찰은 의자가 좁을 정도로 허리가 굵은데도 불구하고, 며칠은 굶은 사람처럼 뺨이 미어지게 먹고 있다.

"그러니까 그 사람이 당신을 집으로 초대했다는 거죠?"

"네."

"그러고 나서 언니가 왔구요?"

"으흠."

"예, 아니오, 어느 쪽입니까?"

"네."

나는 그녀에게 대답을 간단명료하게 하고, 거짓말은 되도록 피하고, 말할 때는 눈을 맞추라고 일러두었다.

경찰이 올 거라는 소식을 아율라가 전해 주었을 때, 나는 급히 그녀를 아버지의 서재로 데리고 갔다.

그곳은, 책도 수집품도 없이 책상과 안락의자와 러그만 덩그러니 놓여있는 곰팡내 나는 공간에 불과했다. 방안이 음침해서 나는 커튼을 젖혔다. 밝은 빛이 들어오자 주변에 가득 떠다니는 먼지가 눈에 들어왔다.

"날 왜 여기로 데려온 거야?"

"얘기 좀 하자."

"여기서?" 서재에는 주의를 흐트릴 물건이 없다. 아율라가 드러누울 침대도, 그녀의 눈길을 잡아당길 TV도 없고, 만지작거릴 만한 물건도 없었다.

"앉아." 그녀는 인상을 쓰면서도 내 말을 들었다.

"페미를 마지막으로 본 게 언제야?"

"뭐?! 알잖아, 내가 언제⋯."

"아율라, 이런 질문에 대비해야 해." 그녀의 눈이 커졌다. 그러더니 미소를 지었다. 그녀가 몸을 뒤로 젖히고 앉았다.

"그렇게 앉지 마, 너무 느긋해 보이면 안 돼. 결백한 사람이라면 긴장을 풀지 않는 거야. 왜 그를 죽였지?"

그녀가 웃음을 뚝 그친다.

"경찰이 정말 그렇게 물을까?"

"어떻게든 네가 걸려 넘어지길 바랄 거야."

"나는 그를 죽이지 않았어." 그 말을 하는 동안 그녀는 내 눈을 똑바로 바라보았다.

그래, 이제 생각났다, 눈을 피하면 안 된다고 가르칠 필요도 없었다. 그녀는 이미 프로다.

어린 경찰이 얼굴을 붉힌다. "두 사람이 사귄 지는 얼마나 되었죠?"

"한 달이요."

"오래 사귄 건 아니군요."

그녀는 아무 말도 하지 않았고, 그래서 나는 자부심을 느낀다.

"헌데, 그가 당신과 헤어지고 싶어 했다구요?"

"으흠."

"그가… 먼저 헤어지고 싶어 했다…. 그 반대 아니었나요?"

아율라의 판단이 정확했을까. 남자가 스스로 그녀 곁을 떠나고 싶어 할 리 없다. 내가 분노에 눈이 멀어서, 그 사실을 간과했다는 게 놀랍다. 지금도, 모두가 그녀 옆에서 맥을 못 추고 있지 않은가. 그녀는 간단하게 회색 블라우스와 감청색 바지를 입고 있다. 눈썹만 조금 그렸을 뿐 화장도 하지 않고 보석도 걸치지 않았다. 그래서 오히려 더 젊고 싱싱해 보인다. 가끔 경찰에게 웃어 보일 때면 깊게 팬 보조개가 드러난다.

나는 헛기침을 하면서 아율라에게 신호를 보낸다.

"누가 관계를 끝내고 싶어 했는지가 문제가 되나요?"

"만약 당신이 끝내고 싶어 했다면, 우리가 알아야 해요."

그녀는 한숨을 쉬면서 손목을 비튼다.

"그 사람을 좋아하긴 했지만, 완전히 제 타입이었다고 하기는…." 내 동생은 직업을 잘못 골랐다. 그녀는 결백함을 부각시키는 조명을 받으며 카메라 앞에 서있어야 할 사람이다.

"어떤 타입을 원하시는데요?" 어린 경찰이 묻는다.

"그래서 언니가 그 문제를 중재하려고 왔나요?" 선배 경찰이 덧붙인다.

"네. 언니가 도와주러 왔어요."

"그래서 언니는 어땠나요?"

"언니가 뭘요?"

"도움이 됐냐구요? 두 사람이 헤어지지 않기로 했어요?"

"아니요… 끝났어요."

"그래서, 당신과 언니는 같이 나오고 그 사람은 거기 남았군요."

"음."

"그런가요, 아닌가요?"

"대답했잖아요." 엄마가 불쑥 끼어든다. 나는 또 다른 골칫거리가 등장하는 것을 느낀다. 지금은 엄마곰 놀이를 할 때가 아니다. 심문 내내 자제력을 발휘하던 엄마가 갑자기 거만한 태도를 보인다. 엄마에게는 지금의 상황이 전혀 이해가 되지 않을 것이다. 아율라가 엄마의 손등을 가볍게 토닥인다.

"괜찮아요, 엄마. 저 사람들은 할 일을 하는 것뿐이에요. 제

대답은 예스예요."

"감사합니다. 집을 나설 때 그 사람은 무엇을 하고 있었나요?"

아율라가 고개를 들었다가 오른쪽으로 돌리면서 입술을 깨문다. "문까지 따라와서는 우리가 나오고 문을 닫았어요."

"화가 나 있었나요?"

"아니요. 내려놨어요."

"내려놔요?"

그녀가 한숨을 쉰다. 피곤함과 슬픔이 완벽하게 섞인 한숨이다. 그녀가 머리를 배배 꼬는 모습을 다 같이 지켜본다.

"우리 사이가 잘 풀리지 않을 거라고 받아들였다는 뜻이에요."

"코레드 양, 동생의 의견에 동의하십니까? 듀란드 씨가 자신의 운명을 받아들였나요?"

누운 듯 앉은 듯, 욕실에 있던 그의 시체, 그리고 피, 나는 기억한다. 받아들이기는커녕, 그가 자신의 운명과 타협할 만한 시간이라도 있었을지 의문이다.

"그는 불만이었어요. 하지만 동생의 마음을 돌릴 길이 없었죠."

"그리고 두 분은 차를 타고 집으로 왔구요?"

"네."

"한 차로 움직였나요?"

"네."

"코레드 양의 차였나요?" 나는 손톱으로 허벅지를 찌르면서 눈을 깜작거린다. 왜 내 차에 그렇게 관심을 보이는 거지? 의심을 살 만한 게 있나? 우리가 시체를 옮기는 모습을 본 사람이 있나? 나는 가빠지는 숨을 참으려고 남몰래 애쓴다. 아니야, 우릴 본 사람은 아무도 없어. 만약 사람같이 생긴 보따리를 끌고 다니는 모습을 누가 봤다면, 이렇게 편안하게 집에서 심문을 할 리가 없지. 이 경찰들은 정말로 우리를 의심하는 게 아니야. 우리를 심문하기로 하고 대가를 받은 걸 거야.

"네."

"아율라 양은 거기를 어떻게 갔나요?"

"운전하는 걸 좋아하지 않아서 우버 택시를 이용했어요."

그들이 고개를 끄덕인다.

"차를 좀 볼 수 있을까요, 코레드 양?"

"왜요?" 엄마가 묻는다. 엄마가 나까지 변호하려 하다니 감동을 받아야 마땅할 것이다. 그런데 오히려 엄마가 아무것도 의심하지 않고, 아무것도 모른다는 사실에 화가 난다. 내 손은 점점 더러워지는데 왜 엄마 손은 마냥 깨끗해야 하지?

"기본적인 사실을 모두 확인하려는 것뿐입니다."

"왜 우리가 이런 일을 겪어야 하죠? 우리 애들은 아무 잘못이 없어요!" 엄마가 자리에서 일어난다. 엄마의 변호는 진심에서 우러난 것이긴 하지만 그릇된 판단에 근거한 것이다. 나이든 경찰이 불쾌한 표정으로 일어선다. 의자가 대리석 바닥에 끌린다. 그는 동료를 팔꿈치로 찌르며 일어나라는 신호를 준다. 이쯤에서 내가 이 연극을 끝내야 할 것 같다. 결백하다면 분노하는 게 당연하지 않겠는가?

"부인, 잠깐만 보면….''

"시간은 충분히 드렸어요. 이제 그만 가세요."

"부인, 그러시다면, 필요한 서류를 들고 다시 오겠습니다."

나는 말을 하고 싶은데, 입이 떨어지지 않는다. 마비되어버렸다. 트렁크 안에 고여 있던 피 말고는 아무 생각도 나지 않는다.

"가시라고요." 엄마가 강조한다. 엄마는 문을 향해 단호한 발걸음을 옮기고, 경찰들도 어쩔 수 없이 뒤따라간다. 그들은 아율라에게 고개를 까딱하고 밖으로 나간다. 엄마가 문을 쾅 닫는다.

"무슨 저런 얼간이가 있니?"

아율라와 나는 대답하지 않는다. 우리의 선택지를 되짚어보는 중이다.

피[

다음날 경찰이 와서 차를 가져간다. 내 은색 포드 포커스. 우리 세 모녀는 문간에 팔짱을 끼고 서서 차를 몰고 가는 그들의 모습을 지켜본다. 내 차는 절대 내 발로는 갈 일이 없는 지역에 위치한 경찰서로 끌려가서, 내가 짓지도 않은 범죄의 증거를 찾기 위해 샅샅이 조사받을 텐데, 아율라의 피에스타 자동차는 우리 집 마당에 예쁘게 세워져 있다. 피에스타의 하얀 해치백에 내 눈길이 머문다. 방금 세차한 것처럼 광이 난다. 핏자국으로 얼룩진 적이 없는 차다.

고개를 돌려 아율라를 본다.

"출근할 때 네 차를 써야겠다."

아율라가 인상을 쓴다. "낮에 어디 갈 데가 생기면 나는 어쩌라고?"

"우버를 이용하면 되지."

"코레드," 엄마가 조심스럽게 말을 꺼낸다. "내 차를 타지 그러니?"

"스틱은 몰기 싫어요. 아율라 차가 좋아요."

두 사람에게 대답할 틈도 주지 않고 나는 다시 집 안으로 들어와 내 방에 올라간다. 손이 차가워서 바지에 대고 문지른다.

그 차는 내가 닦았다. 거의 닳아 없어질 정도로 청소했다. 만약 혈흔이 발견된다면, 조사하는 동안 그들이 피를 흘렸기 때문일 것이다. 아율라가 방문을 두드리더니 내 방으로 들어온다. 그냥 무시해버리고, 바닥 청소를 하려고 빗자루를 집어 든다.

"나한테 화났어?"

"아니."

"못 믿겠는데."

"차 없이 지내는 게 싫어서 그래."

"그게 나 때문이란 말이지?"

"아니. 내 트렁크에 온통 피 칠을 한 페미 때문이지."

그녀가 한숨을 쉬고는 내 침대에 앉는다. '나가'라는 얼굴로 쳐다보는데도 신경 쓰지 않는다.

"언니만 힘든 거 아니야. 언니는 마치 혼자서 이 큰일을 떠맡은 것처럼 굴지만, 나도 걱정되기는 마찬가지야."

"그래? 얼마 전에 '나는 날 수 있어요' 노래 부르는 걸 들었는데."

아율라가 어깨를 으쓱한다. "좋은 노래잖아."

나는 비명을 지르고 싶은 것을 겨우 참는다. 아율라는 점점 아버지를 닮아간다. 그는 나쁜 짓을 저지르고도 곧바로 모범시민 행세를 할 수 있는 사람이었다. 마치 아무 일도 없었다는 듯.

그런 피를 물려받은 건가? 하지만 그의 피는 나의 피이고, 나의 피는 곧 그녀의 피가 아닌가.

추도식

아율라와 나는 아소 에비를 입고 있다. 이런 종류의 행사에는 앙카라 드레스를 색깔 맞춰 입는 것이 전통이다. 색은 아율라가 골랐다. 짙은 보라색 앙상블.

아버지는 보라색을 끔찍이도 싫어했다. 그래서 그녀의 선택이 완벽하다는 것이다. 우리 옷을 다 그녀가 디자인했다. 내 옷은 큰 키를 더욱 돋보이게 하는 머메이드 스타일로, 자신의 옷은 몸매가 그대로 드러나는 스타일로 디자인했다. 물기라곤 없는 메마른 눈을 감추려고 둘 다 선글라스를 쓰고 있다.

엄마는 교회에서 허리를 반으로 꺾으며 운다. 흐느낌이 어찌나 크고 강력한지 몸까지 덜컹거린다. 무슨 생각을 하며 눈물을 짜내고 있을까 궁금하다. 자신의 연약함? 아율라의 죽음? 아니면, 단순히 그가 엄마에게, 그리고 우리에게 했던 짓을 떠올리고 있을지도 모르겠다.

복도를 훑어보는데, 앉을 자리를 찾는 타데가 눈에 들어온다.

"저 사람도 초대했어?" 내가 화난 소리로 묻는다.

"추도식이 있다고만 했어. 스스로 찾아온 거야."

"망할."

"왜 그래? 그 사람한테 잘해주라고 했잖아."

"깔끔하게 정리하라는 뜻이었지, 이런 자리까지 오게 만들라는 게 아니었어." 엄마가 꼬집는 바람에 나는 입을 다문다. 하지만 몸이 떨린다. 누군가 내 어깨에 다정하게 손을 올려놓는다. 감정이 북받쳐서 떨고 있다고 생각한 모양이다. 하지만 난 정말이지 그런 종류의 사람이 아니다.

"눈을 감고 이 사람을 기억합시다. 그가 우리와 함께한 시간은 신이 주신 선물이었습니다." 목사의 목소리는 낮고 엄숙하다. 그를 모르니 저런 말도 할 것이다. 그를 제대로 아는 사람은 아무도 없다.

나는 눈을 감고 누가 됐든, 그의 영혼을 붙잡고 있는 이에게 감사의 말을 중얼거린다. 아율라가 내 손을 더듬어 찾는다. 나는 그 손을 잡는다.

추도식이 끝나고 손님들이 우리에게 찾아와 위로와 덕담을 건넨다. 한 여자가 나에게 다가오더니 나를 끌어안고 놓아주지 않는다. 그녀가 내 귀에 속삭인다. "아버지는 훌륭한 분이셨어요. 내가 잘 지내는지 늘 전화해주시고 학비도 도와주셨는데…"

아버지에게는 라고스의 이런저런 대학에 다니는 여러 명의 여자친구가 있었노라고 그녀에게 말해버릴까 싶다. 몇 명인지 숫자를 세는 것조차 오래 전에 그만두었다. 한번은 그가 나에게 이렇게 말한 적이 있다. 도살하기 전에 암소를 먼저 잘 먹여야 한다고. 사는 게 그런 거라고.

나는 간단하게 대답한다. "네, 그분은 수업료 많이 치르셨죠."

돈만 있으면, 남자들은 고래가 플랑크톤을 삼키듯 여대생을 먹어치운다. 그녀가 나에게 미소 지으면서 감사를 표하고 제 갈 길로 간다.

식후 행사는 예상을 한 치도 벗어나지 않았다. 아는 사람은 몇 안 되고, 누군지 기억도 안 나는 사람들에 둘러싸여서, 억지 미소를 지어 보인다. 틈만 나면 밖으로 나가 경찰서에 전화해서 언제 차를 돌려줄 거냐고 묻는다. 그때마다 그들은 내 말을 싹 무시해버린다. 뭐라도 있었으면 벌써 찾지 않았겠냐고 해도, 경찰은 나의 논리를 이해하지 못한다.

안으로 돌아오니, 때마침 댄스플로어에 오른 타이우 고모가 최신 히트곡에 맞춰 새로운 스텝을 선보이고 있다. 아율라는 세 명의 남자에 둘러싸여 앉아있다. 하나같이 그녀의 관심을 차지하려고 안달이다. 타데는 이미 떠났다. 남자들은 자신이 타데를 대신할 사람이었으면 하고 바란다. 타데는 추도식 내내 그녀 곁에 머무르면서 힘이 되어주려고 노력했다. 남자라면 당연히 그래야지. 하지만 아율라는 자신에게 쏟아지는 관심에 취하여 이리저리 눈 맞추고 다니느라 정신이 없었다. 만약 타데가 나의 남자라면, 나는 결코 그의 곁을 떠나지 않았을 것이다. 나는 그녀에게서 눈을 떼고 샴페인을 홀짝인다.

호구

"아가씨, 어떤 남자분이 찾아오셨어요."

아율라는 내 방에서 자기 노트북으로 영화를 보고 있다. 자기 방에서 봐도 될 텐데, 항상 내 방에 올 구실을 찾는 것 같다. 그녀가 고개를 들어 하녀를 본다. 나는 즉시 자세를 고쳐 앉는다. 경찰이 틀림없다. 손이 차가워진다.

"누군데?"

"모르는 사람이에요, 아가씨."

아율라가 침대에서 일어나면서 불안한 시선으로 나를 보더니 밖으로 나간다. 나는 그녀를 따라 나간다. 신사가 거실 소파에 앉아있다. 멀찍이서 보니 경찰도 아니고 타데도 아니다. 그 낯선 남자는 손에 장미다발을 들고 있다.

"보예가!" 아율라가 계단을 뛰어 내려간다. 그는 그녀의 팔을 잡고 한 바퀴 돈다. 두 사람은 키스를 한다.

보예가는 키가 크고 배가 나왔다. 둥근 얼굴에 수염을 길렀고, 작지만 날카로운 눈을 가졌다. 아율라보다 최소한 15살은 더 들어 보인다. 좀 더 자세히 들여다봐야 그의 매력을 찾을 수 있을까. 그런데 우선은 손목에 차고 있는 불가리 시계와 페라가모 신발이 눈에 띈다. 그가 나를 본다. "안녕하세요."

"보예가, 코레드 언니예요, 인사해요."

"코레드, 만나서 반갑습니다. 얘기 많이 들었어요. 아율라를 잘 보살펴 주신다구요."

"제가 불리한 입장이네요. 그쪽에 대해 들은 게 전혀 없어서."

농담이라도 들은 것처럼 아율라가 웃음을 터뜨린다. 그리고는 까딱하는 손목 짓으로 내 말을 날려버린다.

"보예, 전화라도 하지 그랬어요."

"네가 깜짝 선물을 얼마나 좋아하는지 내가 알지. 그래서 바로 와 버렸지요." 그가 몸을 기울여 그녀와 또 키스를 한다. 나는 구역질이 나는 것을 참는다. 그가 장미를 건네자 그녀는 그에 걸맞은 달콤한 소리로 응답한다. 타데가 보냈던 장미에 비하면 보잘것없어 보이는데도 불구하고.

"같이 외출하자."

"좋아요, 옷 좀 갈아입구요. 코레드, 보예 좀 부탁해."

싫다고 할 새도 없이 그녀는 계단을 뛰어올라가 버렸다. 어쨌든 그녀의 부탁을 무시해버릴 작정으로 그녀를 따라 돌아섰다.

"그러니까, 간호사시죠?" 그가 올라가려는 내 등에 대고 말했다. 나는 걸음을 멈추고 한숨을 쉰다.

"그리고 당신은 유부남이구요." 내가 대답한다.

"네?"

"약지를 보니까, 반지 끼었던 자리가 눈에 확 들어오네요."

그가 고개를 저으며 웃는다. "아율라도 알고 있어요."

"그럼요, 당연히 그렇겠죠."

"아율라를 좋아해요. 그녀가 가장 좋은 것만 누리길 바라요." 그가 나에게 말한다. "그녀가 하는 패션 사업에 자금을 댔죠. 그리고 학비도 내주고."

나는 깜짝 놀란다. 그녀는 제힘으로 비용을 마련했다고 내게 말했었다. 유튜브 동영상에서 나오는 수입으로 충당했다고. 내게 사업 감각이 부족하다며 진지하게 설교를 늘어놓기까지 했는데. 그와 얘기를 하면 할수록 내가 얼마나 명청이인지 깨닫는다. 이용만 당해온 명청이. 보예가는 골칫거리가 아니라, 아율라에게 이용당할 또 한 명의 남자일 뿐이다. 차라리 불쌍하게 여겨야 한다. 우리에게 얼마나 공통점이 많은지 그에게 얘기해주고 싶다. 차이라면, 나는 내가 한 일을 후회하기 시작했는데, 그는 자신이 한 일을 자랑스러워한다. 같은 편이라는 생각도 들고, 좀 조용히 해줬으면 싶어서 그에게 케이크를 권한다.

"아, 케이크 좋죠. 차를 마실 수 있을까요?"

나는 고개를 끄덕인다. 옆으로 지나가는 나에게 그가 윙크를 한다.

"코레드." 잠깐 말을 멈춘다. "밉더라도 제가 마실 차에 침은 뱉지 마세요."

나는 하녀에게 필요한 지시를 내린 다음, 아율라를 추궁하려고 부엌을 가로질러 뒤편 계단을 뛰어 오른다. 그녀는 눈꺼풀에 아이라이너를 칠하고 있다. "도대체 너 뭐하고 있는 거야?"

"뭐, 이러니까 내가 말을 안했지. 언니는 매사에 너무 비판적이야."

"농담해? 보예가 말로는 자기가 네 패션과정 학비를 댔다던데. 너 스스로 자금을 마련했다고 그랬잖아."

"후원자를 찾은 거야. 그게 그거지."

"너의 그… 타데는 어쩌고?"

"모르면 상처받을 일도 없어. 더군다나, 인생을 좀 신나게 즐기고 싶어 한다고 해서 언니가 나를 비난할 수 있어? 타데는 너무 지루해. 그리고 가난해. 제발, 나 좀 내버려 둬."

"너 대체 왜 그래? 언제 멈출 생각이야?!"

"뭘 멈춰?"

"아율라, 이 남자는 그냥 가라고 하는 게 좋을 거야. 안 그러면, 맹세코 내가…."

"언니가 뭐?" 그녀가 턱을 쳐들고 나를 노려본다.

나는 아무 대응도 하지 않는다. 그녀를 협박이라도 하고 싶은데. 내 말을 듣지 않으면, 이번만큼은 자기 행동에 대한 결과를 스스로 책임져야 할 거라고 말하고 싶은데. 고함도 치고 비명도 지르고 싶은데, 그래봐야 아무 소용없을 것이다. 나는 화가 나서 방을 뛰쳐나와 내 방으로 간다. 30분 후, 그녀는 보예가와 함께 집을 나선다.

새벽 1시가 되도록 그녀는 돌아오지 않는다.

나는 새벽 1시가 되도록 잠이 오지 않는다.

아버지

그는 자주 귀가가 늦었다. 그날 밤을 특별히 기억하는 건, 혼자 오지 않았기 때문이다. 아시아인 여자를 끼고 왔다. 엄마의 비명 소리를 듣고 우리는 방에서 나왔다. 층계참에 그들이 있었다. 엄마는 캐미솔을 입고 가운을 두르고 있었다. 엄마가 늘 입는 잠옷이다.

엄마는 아버지에게 한 번도 목소리를 높인 적이 없었다. 하지만 그날 밤, 엄마는 밴시 유령처럼 보였다. 가족 중 누가 곧 죽을 거라는 걸 알려준다는 밴시 유령. 브래지어를 하지 않은 앞가슴이 엄마의 광기를 더욱 부각시켰다. 엄마는 메두사였고 아버지와 여자는 그 앞에서 굳어버린 조각상이었다. 엄마는 여자를 아버지 팔에서 떼어내려고 다가갔다.

"사람 살려! 너 나를 미치게 만들 거야? 때리시려고? 하늘이 보고 있어!"

아버지에게는 소리조차 지르지 못했던 엄마는 침입자를 향해서만 화를 내고 있었다. 비록 내 눈엔 눈물이 고였지만, 엄마에게 조용히 하라고만 했던 기억이 난다. 무표정한 얼굴로 우뚝 서있는 아버지 앞에서 그렇게 화를 내고 있는 엄마가 바보 같다는 생각을 했다.

그는 자신의 아내를 무심하게 바라보더니, "당장 닥치지 않으면, 가만 두지 않겠어." 그가 단호하게 의사를 전했다.

아율라는 내 옆에서 숨을 죽이고 있었다. 그는 언제나 자신의 협박을 실제로 행하는 사람이다. 하지만 그때 엄마는 여자와 실랑이를 벌이느라 정신이 없어서 그 사실을 잊고 있었다. 그때는 여자가 나이가 들었다고 생각했지만, 지금은 안다, 스무 살이 넘었을 리가 없다는 것을. 그리고 지금은 이해한다, 엄마는 남편의 바람기를 진작부터 알고 있었지만, 자신의 집 안에서 그런 일이 벌어지는 것만은 참을 수 없었던 거라고.

"놔!" 여자가 외쳤다. 여자는 엄마가 사납게 그러쥐고 있는 자신의 손목을 빼려고 애쓰고 있었다.

잠시 후 그 남자는 어마어마한 힘으로 엄마의 머리채를 움켜잡아서 벽으로 내동댕이쳤다. 그리고는 얼굴을 세차게 때렸다. 아율라는 훌쩍이며 내게 매달렸다. 여자는 웃음을 터뜨렸다.

"봤지, 날 건드리면 내 남자친구가 가만있지 않는다고."

엄마는 벽을 타고 미끄러지듯 바닥으로 쓰러졌다. 두 사람은 엄마를 타넘고 그의 침실로 나아갔다. 두 사람이 사라질 때까지 기다렸다가 엄마를 도우러 달려갔다. 엄마는 슬픔을 가누지 못했다. 그냥 거기서 울게 내버려두길 원했다. 엄마는 울부짖었다. 내가 엄마를 잡고 흔들었다.

"엄마, 제발, 그만 올라가요."

그날 밤 세 모녀는 내 방에서 함께 잤다.

다음날 아침, 바나나 색깔 여자는 사라지고, 온 가족이 아침 식사를 위해 식탁에 둘러앉았다. 모두들 말이 없었다. 오직 아버지만이 그날의 일정에 대해 큰 소리로 떠들면서 요리 잘하는 '완벽한 아내'를 두었다고 자랑스러워했다. 아부가 아니라 진심으로 간밤의 사건을 잊은 것이다.

그 일 이후 엄마는 수면제에 의지하기 시작했다.

검색

페이스북에 올라와 있는 보예가의 사진을 한참 들여다본다. 사진 속의 남자는 실물보다 젊고 날씬하다. 그가 어떤 사람인지 충분히 알 만하다 싶을 때까지 그의 사진을 넘겨본다. 그 결과 이런 추정이 가능하다.

옷 잘 입는 아내와 키가 큰 세 아들이 있다. 위로 두 명은 영국에 있는 학교에, 셋째는 아직 여기서 중학교에 다닌다. 바나나 아일랜드에 있는 타운하우스에서 산다. 라고스에서 가장 비싼 곳이다. 석유 및 가스 분야에서 일한다. 프랑스, 미국, 두바이 등등에서 휴가를 보내는 사진이 대부분이다. 모든 면에서 전형적인 나이지리아 중상류층 가정의 모습이다.

그렇게 단조롭고 정형화된 삶을 살고 있으니, 손에 잘 잡히지 않고 즉흥적인 아율라의 모습에 흥미를 느끼는 것도 이해가 된다. 사진에 달린 글을 보면, 자신의 아내가 얼마나 멋진지, 그런 아내를 가질 수 있어서 얼마나 행운인지를 거듭 말하고 있다. 그의 아내는 남편이 다른 여자들을 쫓아다닌다는 사실을 알고 있을까. 남편과 상관없이 그녀는 아름다운 여자다. 아들을 셋이나 낳은 데다 젊은 나이가 아닌데도 늘씬한 몸매를 유지하고 있다. 나무랄 데 없는 화장, 그리고 미모를 돋보이게 하는 옷을 보니, 그가 아내에게 들이는 돈이 아깝지는 않겠다.

나는 한나절 내내 아율라에게 전화를 걸고 있다. 도대체 어디 있는지 알 수가 없다. 아침 일찍 집을 나서면서 엄마에게 여행을 다녀오겠다고 했다. 나한테는 얘기도 하지 않았다. 타데는 내가 받지 않는데도 계속 전화를 한다. 내가 무슨 말을 하겠는가? 그녀가 어디 있는지, 무얼 하고 있는지를 모르는데. 아율라는 내가 필요해지기 전에는 아무것도 털어놓지 않는다. 검색에 매달려 있는 나에게 하녀가 차가운 주스 한 잔을 가져다준다. 바깥은 찌는 듯이 덥다. 그래서 근무를 쉬는 날이지만 종일 집 안의 그늘에서 벗어나지 않는다.

보예가의 아내는 페이스북 활동을 하지 않는다. 하지만 인스타그램에서 그녀를 찾아냈다. 그녀가 올린 남편과 아이들 사진이 끝없이 이어진다. 음식 사진이나 부하리 대통령과 정부에 관한 의견이 간혹 섞여있다. 오늘은 그들 부부의 오래 전 결혼식 사진을 올렸다. 그녀는 웃으면서 카메라를 응시하고 있고, 그는 사랑스러운 눈길로 그녀를 바라본다. 사진 설명은 이랬다:

#오늘의남자. 내 남편, 나의 진정한 사랑이자 내 아이들의 아빠. 당신의 눈길이 처음 내게 머문 그날을 신께 감사드려요. 내게 말 걸기가 두려웠다는 걸 그땐 몰랐어요. 당신이 그 두려움을 이겨내 줘서 기뻐요. 당신이 없었다면 내 삶이 어땠을지 상상도 할 수 없어요.

내가 꿈꾸던 사람이 되어줘서 고마워요. 결혼기념일 축하해요,
내 사랑. #연인 #매력남 #추억 #진정한사랑 #축복 #감사

자동차

경찰이 차를 돌려주려고 병원으로 찾아왔다. 검은 제복에 권총을 차고 있으니, 그들이 경찰이란 건 단박에 알 수 있다. 나는 손톱이 파고들 정도로 두 주먹을 꽉 쥔다.

"집으로 돌려주실 순 없었나요?" 내가 날카롭게 따진다. 곁눈질로 보니 저쪽에서 치치가 슬슬 다가오기 시작했다.

"돌려주는 것만 해도 감사해야 할 거요." 그가 나에게 접수증을 건넨다. 뜯긴 종이에는 내 차 번호판 숫자와 돌려준 날짜, 그리고 5천 나이라라는 금액이 적혀있다.

"이 돈은 뭐죠?"

"물류수송비입니다." 심문하러 집에 왔던 어린 경찰이다. 아율라를 보고 어쩔 줄 몰라 하던 그 경찰 말이다. 지금은 그렇게 어설퍼 보이지 않는다. 그는 내가 한바탕 소란을 피울 거라고 예상한 모양이다. 마음의 준비를 단단히 하고 있다. 순간, 나는 아율라가 옆에 있었으면 하고 바란다.

"뭐라고요?!" 터무니가 없다.

치치는 이제 거의 내 옆에 바싹 붙었다. 이 대화를 더 끌고 갈 수는 없다. 바로 이런 이유 때문에 직장으로 차를 가져왔다는 생각이 든다. 집에서는 내 마음대로 할 수 있다. 내 집에서 나가라고 명령하면 그뿐이다. 그러나 여기서는, 그들의 요구에 응할 수밖에 없다.

"그러니까, 경찰서까지 차를 가져갔다가 다시 가져오는 데 든 비용이 5천 나이라입니다."

나는 입술을 깨문다. 그들을 화나게 해서 나한테 좋을 게 없다. 이목이 더 집중되기 전에 그들을 보내야 한다. 병원 안의 모든 눈이 나와 내 차, 그리고 이 두 천재에게 쏠려있다.

나는 차를 살펴본다. 먼지가 쌓여 더럽다. 뒷좌석에는 음식물 봉지가 버려져있다. 트렁크가 어떤 상태일지는 짐작만 할 뿐이다. 그들의 불결한 손이 닿지 않은 곳이 없다. 아무리 청소를 해도 그 손이 거쳐 갔다는 기억만은 지울 수 없을 것이다.

어쩔 수 없다. 나는 주머니에서 5천 나이라를 꺼낸다.

"찾아낸 게 있나요?"

"아니요." 나이든 경찰이 인정한다. "차는 깨끗하더군요."

완벽하게 청소가 끝났다는 것을 나는 이미 알고 있었다. 아무것도 나오지 않으리라는 것도 알고 있었다. 하지만 경찰의 입으로 그 얘기를 들으니 안도감에 눈물이 날 지경이다.

"안녕하세요, 경관님들!" 치치는 왜 아직 여기 있는 거야. 30분 전에 근무가 끝났을 텐데. 그녀가 건네는 활기찬 인사에 경찰도 나름의 진심을 담아 응답한다. "수고하셨어요." 그녀가 경찰에게 말한다. "제 동료의 차를 돌려주러 오신 거 알아요."

"네. 우리가 얼마나 바쁜 사람들인데 말입니다." 어린 경찰이 강조한다. 그가 내 차에 기대며 살찐 손으로 보닛을 짚는다.

"정말 수고하셨어요. 저희가 감사드려요. 차가 없어서 동생 차를 타고 다니더라구요." 내가 돈을 건네자 그들이 차 열쇠를 준다. 치치는 못 본 척한다.

"그래요, 고마워요." 이런 말을 하자니 마음이 상한다. 미소를 지어보이자니 그 역시 마음이 상한다. "두 분 다 바쁘실 텐데, 더 붙들지 않겠습니다."

그들은 꿍얼대면서 멀어져 간다. 아마도 얼마 안 가 택시를 불러 타고 경찰서로 돌아갈 것이다. 옆에 붙어선 치치가 흥분을 가누지 못하고 거의 전율하고 있다.

"세상에. 무슨 일이 있었던 거야?"

"무슨 일이라니요?" 내가 병원으로 다시 들어가자 치치도 따라 들어온다.

"경찰이 왜 차를 가져갔던 거야? 차가 없어진 건 벌써부터 눈치 채고 있었지만, 고장이나 뭐 그런 건 줄 알았지. 경찰이 가져 갔을 줄은 생각도 못했어!" 그녀는 '경찰'이라는 단어를 작게 말하려 했지만 당연히 실패한다.

우리가 들어오고 나서 로티누 부인도 들어온다. 타데는 아직 오지 않았다. 그러니 부인은 그가 올 때까지 기다려야 한다. 치 치가 내 손을 잡고 엑스레이실로 끌고 간다.

"그래서 무슨 일인데?"

"아무것도 아니에요. 사고가 좀 있었어요. 보험 때문에 경찰
이 확인할 게 있었나 봐요."

"단지 그것 때문에 차를 가져갔다고?"

"경찰이 어떤지 알잖아요. 언제나 열심이죠."

심장

타데의 꼴이 엉망이다. 셔츠는 구겨지고 수염은 덥수룩한 데다 넥타이까지 비뚤어져 있다. 며칠째 그의 입술은 노래도, 휘파람도 불지 않는다. 이것이 아율라의 능력이다. 타데가 겪는 고통을 보고 있자니 새삼 아율라의 능력에 경외감이 생긴다.

"딴 남자가 있는 거예요." 그가 나에게 말한다.

"그래요?" 과장된 반응을 보이느라 내 목소리가 갈라진다. 그는 눈치 채지 못한다. 그는 고개를 떨구고 있다. 책상 양쪽을 꽉 붙잡고 엉덩이를 반쯤 걸치고 있다. 수축과 이완이 어우러지면서 그의 몸에 생기는 잔물결 같은 굴곡이 어렴풋이 보인다.

나는 들고 온 파일을 책상 위에 던져 놓고 그를 만지려고 손을 뻗는다. 그의 셔츠는 흰색이다. 페미가 입었을 셔츠나 내 간호사복 같이 눈부신 흰색이 아니라 심란한 독신남의 흰색이다. 그가 허락만 해준다면, 내가 그의 흰 셔츠를 표백해줄 수도 있는데. 나는 그의 등에 손을 대고 쓰다듬는다. 나의 손길을 편안해할까? 그가 마침내 한숨을 쉰다.

"당신은 정말 얘기하기 편한 사람이에요, 코레드."

그에게서 땀 냄새와 섞인 향수 냄새가 난다. 바깥의 열기가 방으로 스며들어 에어컨에서 나오는 냉기를 집어삼킨다.

"선생님과 얘기하는 게 좋아요." 내가 그에게 말한다. 그가 고 개를 들고 나를 본다. 우리는 겨우 한두 발자국 떨어져있다. 키 스를 할 수 있을 만큼 가까운 거리다. 그의 입술은 보이는 것만 큼이나 부드러울까? 그가 나에게 다정한 미소를 보낸다. 나도 그를 보고 미소 짓는다.

"나도 당신과 얘기하는 게 좋아요. 내가 바라는 건…."

"말씀 계속 하세요." 아율라가 자기와 어울리지 않는다는 걸 알기 시작했나?

그가 다시 고개를 떨구자, 나는 스스로를 주체하지 못한다.

"아율라랑 만나지 않는 게 좋아요, 아시잖아요." 내가 부드럽 게 말한다.

그의 몸이 굳어지는 게 느껴진다.

"뭐라구요?" 목소리는 부드럽지만, 전에 없던 무언가가 그 속 에 들어있다. 짜증인가?

"왜 동생에 대해 그런 말을 하는 거죠?"

"타데, 그 애는 그런…."

그가 어깨를 흔들어 내 손을 뿌리치고는 손을 짚으면서 책상 에서, 나에게서, 떨어진다.

"당신은 아율라의 언니예요. 언니라면 당연히 동생 편에 서야 하는 거 아닌가요?"

"저는 언제나 동생 편이에요. 단지… 그 애에겐 여러 면이 있다는 말이죠. 모든 면이 당신이 보는 것처럼 예쁘기만 한 건 아니라는…."

"이게 동생 편이라고 말하는 당신의 진짜 모습이군요, 그렇죠? 당신이 동생을 괴물처럼 대한다고 아율라가 말했을 때도 나는 믿지 않았는데."

그의 말이 화살처럼 꽂힌다. 그는 '내' 친구였다. 내 것이었다. 그는 나의 조언을 구했었고 나와 함께 있고 싶어 했다. 그런데 지금은 나를 낯선 사람처럼 대한다. 그러는 그가 밉다. 아율라는 남자와 있을 때 늘 하는 행동을 그에게도 했을 뿐이다. 그런데 그가 이러는 이유는 무엇인가? 나는 두 팔로 배를 감싸고 그에게서 얼굴을 돌린다. 떨리는 입술을 그에게 들키고 싶지 않다.

"지금은 동생 말을 믿는다는 뜻이군요."

"자신을 믿어주는 사람이 있어서 고마워할 겁니다! 그녀가 늘 관심 받고 싶어 한 것도 놀라운 일이 아니네요…남자한테 말이에요." 마지막 말은 가까스로 그의 입에서 나온다. 아율라가 다른 남자의 팔에 안겨있는 모습을 그는 차마 떠올릴 수가 없을 것이다.

나는 웃음을 터뜨린다. 웃음이 터지는 것을 참을 수가 없다. 아율라가 완벽하게 이겼다. 보예가와 함께 두바이를 돌아다니면서 — 최근에 문자로 안 사실이다 — 타데의 가슴을 찢어놓은 건 아율라인데, 거꾸로 내가 마녀가 되어버렸다.

그 애는, 최소한 세 남자의 죽음에 자신이 중요한 역할을 했다는 사실을 아마 깜빡 잊고 말하지 않은 것이 분명하다. 나는 후회할 말을 하지 않으려고 숨을 깊이 들이쉰다. 아율라는 인정머리 없고 이기적이며 무모하다. 그런데 그녀의 안녕은 언제나 그랬듯 내 책임이다. 지금도.

흘깃 보니, 파일 속의 서류가 비스듬히 비어져 나와 있다. 그가 책상에서 일어날 때 건드린 모양이다. 나는 손가락으로 파일을 끌어당겨서 집어 든다. 그리고 톡톡 두드려가며 가지런하게 정리한다. 진실을 말해서 무엇 하나? 그는 진실을 듣고 싶어 하지 않는다. 내 입에서 나오는 어떤 말도 믿으려 하지 않는다. 그녀를 원할 뿐.

"코레드, 아율라에겐 당신의 지지와 사랑이 필요해요. 그렇게 되면 그녀도 평온을 얻을 수 있을 거예요."

그는 왜 입을 다물지 않을까? 손에 든 파일이 마구 떨리고 두개골 한 구석으로 편두통이 찾아든다. 그가 나를 향해 고개를 젓는다. "당신은 아율라의 언니예요. 언니처럼 행동해야죠. 당신은 그녀를 밀어내려고만 해요." '당신 때문이지….' 하지만 나는 아무 말도 하지 않는다. 나 자신을 변호하고 싶은 욕구가 사라져버렸다.

항상 이런 식으로 가르치려 드는 사람이었나? 그의 탁자에 파일을 던져놓고 나는 빠른 걸음으로 그를 지나쳐 나온다. 손잡이를 돌리려는데, 내 이름을 부르는 그의 목소리가 들리는 듯도 하다. 하지만 머릿속에서 쿵쿵거리는 소리에 묻히고 만다.

무흐타르

무흐타르는 평화롭게 잠들어 있다, 나를 기다리면서. 나는 살며시 그의 병실로 들어가 문을 닫는다.

"걔가 예뻐서 그래요. 그게 다예요. 남자들은 다른 건 신경도 쓰지 않아요. 그 애한텐 모든 게 무사통과죠." 무흐타르는 내가 마음껏 불평을 늘어놓게 해준다. "말이 되냐고요, 내가 동생을 지지하지 않는다니, 동생을 사랑하지 않는다니… 타데가 그런 생각을 갖게 만든 건 동생이에요. 동생이 그렇게 말했겠죠. 그 모든 일을 함께 겪고도…."

감정이 북받쳐 말을 끝까지 이을 수가 없다. 조용한 가운데 모니터의 기계음만이 규칙적으로 들린다. 나는 심호흡을 하면서 숨을 고른 후 그의 차트를 살펴본다. 곧 또 한 차례의 물리치료가 예정되어 있다. 그러니 내가 병실에 있는 동안 미리 운동을 시켜주는 게 좋겠다. 팔다리를 이리저리 움직여준다. 그의 몸은 내가 하는 대로 잘 따라온다. 나는 조금 전 타데와 있었던 일을 머릿속에서 계속 돌려본다. 어떤 장면은 잘라내고, 어떤 장면은 확대하면서.

사랑은 잡초가 아니야,
아무 데서나 멋대로 자라는 게 아니야….

생각지도 않게 페미의 시가 떠오른다. 이 모든 상황에 대해
그는 어떻게 생각할지 궁금하다. 그가 아율라와 오래 사귄 것
같지는 않다. 시간만 충분했다면 아율라가 어떤 사람인지 알았
을 거다. 그는 통찰력이 있는 사람이었다.

뱃속에서 꾸르륵대는 소리가 난다. 가슴은 찢어져도 육신은
먹어야 산다. 무흐타르의 발목 운동을 끝내고 침대 시트를 정리
한 다음 병실을 나온다. 모하메드가 복도 바닥을 대걸레로 닦고
있다. 누런 물로 걸레질을 하면서 콧노래를 흥얼거린다.

"모하메드, 물 좀 갈아요." 내가 쏘아붙인다. 내 목소리에 놀
란 그의 몸이 경직된다.

"네, 간호사님."

죽음의 천사

"여행은 어땠어?"

"좋았어… 한 가지… 그가 죽은 것만 빼고."

들고 있던 주스 잔이 내 손에서 미끄러져 부엌 바닥에 산산이 부서진다. 아율라는 문간에 서있다. 그녀가 돌아온 지 고작 10분밖에 안됐는데 벌써 나의 세계가 엉망이 되어버린다.

"그 사람… 그 사람이 죽었다고?" '맙소사, 그럼 넷인데?'

"응. 식중독이었어." 그녀가 레게머리를 흔들면서 대답한다. 그녀는 머리를 새로 땋고 가닥마다 끝에 비즈를 달았다. 움직일 때마다 비즈끼리 부딪히며 달그락 소리가 난다. 양 손목에는 커다란 황금 팔찌를 차고 있다. 독약은 그녀의 방식이 아니기도 했고, 그냥 우연이라고 믿고 싶은 마음도 든다.

"경찰을 불렀어. 그의 가족에게는 경찰이 알렸고."

나는 깨진 유리조각을 주우려고 쪼그려 앉는다. 인스타그램에서 웃고 있던 죽은 남자의 아내가 생각난다. 부검을 요구할 만한 정신이 그녀에게 있을까?

"방에 같이 있었는데 그 사람이 갑자기 땀을 흘리면서 목을 감싸 쥐는 거야. 그러더니 입에 거품을 물더라구. 너무 끔찍했어." 하지만 그녀의 눈은 이글이글 타오르고 있다. 매혹적인 이야기를 내게 들려주고 있다고 생각하는 것이다. 나는 더 듣고 싶지 않았지만, 그녀는 자세한 내용까지 다 말할 작정인 듯했다.

"구조요청은 했어?" 쓰러진 아버지를 내려다보면서 죽어가는 것을 지켜보기만 했던 우리 모습이 떠오른다. 나는 그녀가 구조요청을 하지 않았다는 걸 안다. 그냥 보고 있었을 것이다. 독살하려고 하지 않았을 수는 있다. 하지만 그 남자 옆에 선 채 그냥 구경만 하고 있었을 것이다.

"당연하지. 긴급전화를 걸었어. 하지만 구급대원이 제때에 오질 않았지."

나의 관심은 그녀의 머리에 꽂힌 다이아몬드 빗에 쏠려있다. 여행이 그녀에겐 도움이 되었나보다. 두바이의 공기 덕분에 피부가 밝아진 것 같고, 머리에서 발끝까지 명품을 두르고 있다. 보예가는 확실히 구두쇠는 아니었다.

"유감이네." 이 가정적인 남자의 죽음에 대해 동정 이상의 더 깊은 감정을 끌어내고 싶지만, 가능하지가 않다. 페미는 죽기 전에 만나본 적이 없다. 그런데도 그의 죽음에는 무언가 나의 마음을 흔드는 것이 있었다. 이번에는 그런 느낌이 없다.

"그래, 그가 그리울 거야." 그녀가 건성으로 대답한다.

"잠깐만, 언니한테 줄 게 있어." 그녀가 핸드백에 손을 집어넣고 뒤지려는데, 초인종이 울린다. 그녀가 기대에 찬 얼굴로 고개를 들며 히죽 웃는다. 아니야, 절대 그럴 리가… 타데가 왔을 리가…. 하지만 타데가 문을 열고 들어왔고 그녀가 그의 팔에 몸을 던진다. 그가 그녀를 꼭 끌어안고서 그녀의 머리칼에 머리를 묻는다.

"이 말괄량이 아가씨." 그가 그렇게 말하고 두 사람은 키스를 한다. 열정적으로.

제3의 인물이 방안에 있다는 것을 그가 눈치 채기 전에 나는 서둘러 방을 나간다. 그와 시시한 인사를 주고받기는 정말 싫다. 내 방에 틀어박혀서 침대 위에 책상다리를 하고 앉아 허공을 응시한다.

시간이 흐른다. 방문을 두드리는 소리가 들린다.

"아가씨, 식사하러 내려오실 건가요?" 하녀가 초조한지 발끝으로 서성이면서 묻는다.

"함께 식사할 사람이 누구야?"

"어머니, 아율라 아가씨, 그리고 타데 씨가 함께 할 거예요."

"나 데려오라고 한 사람은 누군데?"

"제가 그냥 왔어요, 아가씨." 그럼 그렇지, 내 생각을 할 리가 없지. 엄마랑 아율라는 타데의 관심을 한껏 즐기고 있을 테고, 타데는… 그가 뭘 하든 무슨 상관이람. 내게 음식물이 필요한지 어떤지 유일하게 신경 쓰는 사람을 향해 나는 미소를 지어 보인다. 하녀의 등 뒤에서 웃음소리가 들려온다.

"고마워, 그런데 나 배 고프지 않아."

하녀가 나가면서 등 뒤로 방문을 닫는다. 행복한 소리도 닫힌다. 최소한 한동안은 아율라가 내 방에 들어오지 않을 것이다. 그 틈을 이용해 구글에서 보예가의 이름을 검색한다. 당연히 그의 비극적인 죽음을 알리는 기사가 뜬다.

두바이 출장 중 나이지리아인 사망

나이지리아 사업가가 두바이에서 사망했다. 약물 과다복용이 사망의 원인이라는 소문이 있다. 외무부는 보예가 테주두미가 호텔 객실에서 병사했다고 공식 확인했다. 그는 악명 높은 로얄 리조트에 체류 중이었다. 구급대의 노력에도 불구하고, 그는 현장에서 사망하였다. 경찰에 따르면, 사고에 연루된 사람은 없다….

아율라가 경찰을 어떻게 설득했길래 자신의 이름이 뉴스에 나오지 않게 만들 수 있었는지 궁금하다. 식중독과 약물 과다복용 사이의 간극이 그저 놀라울 따름이다. 연쇄 살인범과 동행한 사람이 우연의 사고로 죽을 확률이 얼마나 되는지도 궁금하다.

혹은, 나 자신에게 정말 묻고 싶은 질문은 이것일지 모르겠다: 아율라가 오직 칼만 쓴다고 확신하는가?

나는 보예가의 죽음을 다룬 다른 기사들도 열어본다, 다른 거짓말들을. 아율라는 상대가 도발하지 않으면 공격하지 않는다. 하지만 만약, 그녀가 보예가의 죽음에 관여했다면, 만약 그녀에게 책임이 있는 거라면, 도대체 그녀는 왜 그래야만 했을까? 보예가는 그녀에게 푹 빠져있었다. 비록 아내 몰래 바람을 피우긴 했지만, 그것 말고는 악의가 없는 사람으로 보였다.

　나는 아래층에 있는 타데를 생각한다. 특유의 꾕장한 미소를 머금은 채, 새침 떨고 있는 아율라를 바라보고 있겠지. 타데의 시선이 느껴질 때 나는 마주보지 않고는 견딜 수가 없던데. 어쨌든 그들을 떼어놓기 위해 할 수 있는 건 다 하지 않았나? 그런데 나의 수고에 대한 보답으로 돌아온 것이 비판과 경멸이라니.

　나는 노트북을 끈다.

　보예가의 이름을 수첩에 적는다.

탄생

우리 가족 사이에 전해오는 이야기에 따르면, 내가 갓 태어난 아율라를 보고 인형으로 착각했다고 한다. 엄마가 내 앞에서 그녀를 가만히 흔들고, 나는 발끝으로 서서 더 잘 보겠다고 엄마의 팔을 끌어당겼다. 아기는 아주 작아서 엄마의 두 팔에 다 차지도 않았다. 감고 있는 두 눈이 얼굴의 절반을 차지했다. 작은 들창코에 꽉 다문 입술. 나는 그녀의 머리칼을 만졌다. 부드러운 곱슬머리였다.

"내 거예요?"

엄마가 몸이 흔들릴 정도로 웃음을 터뜨리는 바람에 아기가 깨어났다. 그녀가 까르륵 소리를 냈다. 나는 깜짝 놀라서 비틀거리며 물러서다가 뒤로 넘어졌다.

"엄마, 말을 해요! 인형이 말을 해요!"

"인형이 아니야, 코레드. 이 아기는 네 동생이야. 이제 너는 언니가 된 거야. 언니는 동생을 돌봐야 하는 거고."

생일

오늘은 아율라의 생일이다. 나는 그녀가 다시 SNS에 사진을 올려도 된다고 허락해준다. SNS 상에서 페미에 관한 이야기는 줄어들었다. 이제 그의 이름은 잊혀졌다.

"내 선물부터 열어봐!" 엄마가 고집을 부린다. 아율라는 엄마의 소원을 들어준다. 생일인 사람은 눈 뜨자마자 가족의 선물부터 열어보는 것이 우리 집 전통이다. 아율라에게 무슨 선물을 하면 좋을지 나는 오래 고민했다. 딱히 뭘 주고 싶은 기분이 아니었다.

엄마는 아율라가 결혼하면 쓰라고 그릇세트를 준비했다.

"타데가 곧 청해올 거다. 난 알지." 엄마가 단언한다.

"뭘 청해요?" 내 선물에 정신이 팔린 채 아율라가 묻는다. 내가 산 선물은 신형 재봉틀이다. 그녀가 나를 보고 환하게 웃는다. 하지만 나는 웃어줄 수가 없다. 엄마가 한 말 때문에 속이 뒤틀린다.

"청혼할 거란 말이지!" 엄마의 예언에 아율라가 코를 찡그린다. "이제는 두 사람이 정착할 때가 되었어."

"엄마의 결혼이 퍽도 잘 풀려서…."

"뭐라고 했니?"

"아무것도 아니에요." 내가 얼버무린다. 엄마가 의심스러운 눈길로 나를 본다. 하지만 내 말을 못 들었으니 문제 삼을 수가 없다. 아율라는 파티 의상으로 갈아입으려고 일어나고, 나는 계속해서 풍선을 분다. 페미에게 경의를 표하는 뜻에서 회색과 흰색으로 골랐다.

일전에, 그의 블로그에서 시 한 편을 읽었다.

아프리카의 태양이 눈부시게 빛나네.
우리의 등에,
우리의 두피에,
우리의 마음에 불타오르네….
우리의 분노에는 이유가 없네,
저 태양이 이유였나.
우리의 절망에는 뿌리가 없네,
저 태양이 뿌리였나.

나는 그의 시를 모아서 시집을 만들라는 제안을 익명으로 블로그에 남긴다. 그의 여동생이나 친구가 나의 메시지를 우연히라도 보면 좋겠다.

아율라와 내게는 전통적인 의미의 친구가 없다. 친구라고 부를 수 있으려면 신뢰가 있어야 한다. 아율라에겐 추종자가 있고 내게는 무흐타르가 있다. 오후 4시쯤에 추종자들이 쏟아져 들어오기 시작한다. 하녀가 문을 열어주고 나는 거실탁자에 쌓여있는 음식 앞으로 그들을 안내한다. 누군가 음악을 연주하고, 사람들은 차려놓은 음식을 야금야금 먹는다. 하지만 내 머릿속에는 온통 한 가지 생각뿐이다. 타데가 이 기회를 이용해 아율라를 영원히 차지하려고 할까. 아율라가 그를 사랑하기만 한다면, 두 사람을 축복해줄 수도 있다. 머리로는 그렇게 생각한다. 하지만 그녀는 그를 사랑하지 않을 뿐더러, 무슨 이유에선지 그는 이 사실을 모르고 있다. 아니면 상관없다고 생각하는지도 모르겠다.

오후 5시가 되었는데 아율라는 아직 내려오지 않았다. 나는 전형적인 검정 드레스를 입고 있다. 길이가 짧은 플레어스커트다. 아율라는 자신도 검정색으로 입겠다고 했지만, 지금쯤이면 열두 번도 넘게 생각이 바뀌었을 것이라 확신한다. 가서 확인해보고 싶지만 참는다. 그녀가 어디 있냐는 질문을 수도 없이 받지만, 그래도 참는다. 나는 집에서 여는 파티가 싫다. 사람들이 평소 같으면 지켰을 예절을 이런 날에는 무시해버리기 때문이다. 일회용 접시를 닥치는 대로 아무 데나 버려놓고, 음료를 흘리고도 그냥 지나쳐버린다. 손으로 음식을 집었다가 내려놓기도 하고, 민망한 짓을 벌이려고 은밀한 장소를 찾아다니기도 한다. 나는 누군가가 풋스툴에 올려놓은 종이컵을 집어서 쓰레기봉지에 넣는다. 청소를 하려고 세정제를 가지러 가려는 참에 초인종이 울린다. 타데다.

그의 모습이… 청바지에다 몸에 딱 붙는 티셔츠를 입고, 회색 블레이저를 걸쳤다. 시선을 뗄 수가 없다.

"멋져 보여요." 그가 나에게 말한다. 화해의 의미로 나의 외모를 칭찬하는 것이겠지. 그 말이 진심일 거라고 생각하면 안 된다. 그동안 나는 귀찮게 굴지 않고 그를 내버려두었고, 스스로 냉정을 유지하면서 자중하고 있었다. 그가 무심하게 건네는 칭찬에 마음이 흔들리는 건 싫은데, 그런데, 마음이 날아갈 듯 가벼워지는 기분이다. 나는 미소가 번져 나오지 못하게 얼굴 근육에 힘을 준다. "이봐요, 코레드, 미안ㅎ…."

"헤이." 등 뒤에서 부르는 소리가 들린다. 나는 아욜라를 돌아본다. 그녀는 몸매가 드러나는 긴 드레스를 입고 있다. 드레스의 색깔이 자신의 피부색과 구별이 안 될 정도여서, 어두운 조명 아래에 선 그녀는 거의 벌거벗은 것처럼 보인다. 황금색 귀걸이에 황금색 하이힐, 거기에다 타데가 준 팔찌까지 하고 있다. 밝은 황금색 브론저를 살짝 바른 것이 내 눈에는 보인다.

타데가 나를 지나쳐 가서 그녀의 입술에 가볍게 입 맞춘다. 그게 사랑이든 아니든, 두 사람은 아주 매력적인 커플이다. 적어도 겉으로 보기에는. 그가 그녀에게 선물을 준다. 무슨 선물인지 보려고 나는 슬그머니 다가간다. 작은 상자인데, 반지라기엔 너무 길쭉하게 생겼다. 타데가 내 쪽으로 고개를 돌리는 것을 보고, 나는 정신없이 바쁜 척을 한다. 파티가 한창인 곳으로 돌아가 일회용 접시들을 다시 치우기 시작한다.

타데와 아율라의 모습이 밤새도록 섬광처럼 내 눈을 스쳐간다. 펀치를 담은 그릇 옆에서 함께 웃거나, 계단 위에서 입 맞추거나, 댄스플로어에서 서로에게 케이크를 먹여주는 모습이. 더 이상은 견딜 수가 없다. 서랍에서 숄을 꺼내들고 집 밖으로 나간다. 아직 더위가 가시지 않았건만, 나는 숄을 두르고도 두 팔로 몸을 감싼다. 누군가와 얘기를 하고 싶다. 아무라도 좋다. 무흐타르 말고 다른 누구. 심리치료를 받아볼까 생각했던 적도 있다. 하지만, 환자나 혹은 다른 누군가의 생명이 위험한 상황에서 심리치료사는 비밀유지의 의무를 지지 않는다. 만약 내가 아율라에 대해 털어놓는다면, 비밀유지 의무는 채 5분도 안 돼 깨지고 말 것이다. 아무도 죽지 않고, 아율라도 감옥에 갇힐 필요가 없는 그런 방법은 없을까? 상담을 받더라도 살인 얘기는 뺄 수도 있겠지. 상담 시간 내내 타데와 아율라 얘기만 할 수도 있겠지. 두 사람이 함께 있는 모습을 보는 것이 얼마나 내 속을 뒤집어 놓는지.

"그 사람 좋아해?" 그녀가 물은 적이 있다. 아니야, 아율라. 나는 그를 사랑해.

수간호사

병원에 들어서자마자 나는 아키베 박사의 사무실로 향한다. 사무실에 들르라는 이메일을 받았다. 언제나 그렇듯, 그의 이메일은 갑작스럽고 모호했다. 항상 받는 사람을 긴장하게 만든다. 나는 문을 두드린다.

"들어와요!" 그의 목소리가 문을 망치로 두드리는 것 같다.

그는 세인트 피터스 병원에서 가장 연장자이면서 전반적인 관리를 책임지고 있는 시니어 닥터다. 박사는 마우스를 잡고 컴퓨터 화면에 몰두해 있다. 나에게 아무 말도 건네지 않는다. 나는 알아서 자리를 잡고 앉아 기다린다. 그가 스크롤을 멈추고 고개를 든다.

"이 병원이 언제 설립되었는지 알고 있나?"

"1971년입니다, 박사님." 나는 의자에 등을 기대면서 한숨 쉬듯 대답한다. 병원의 역사에 대해서 연설을 늘어놓자고 나를 여기까지 부른 건가? 정말 그런 거야?

"훌륭해, 훌륭해. 그때 나는 당연히 여기 없었지. 내 나이가 그렇게 많진 않거든!" 자신의 농담에 스스로 웃음을 터뜨린다. 그는, 당연히, 그렇게 나이가 많다. 이 병원 말고 다른 곳에서 일하고 있었을 뿐. 이미 수천 번은 들었을 이야기를 또다시 꺼내지 말기를 바라면서 나는 헛기침을 한다. 그가 일어나 몸을 쭉 뻗는다. 190센티가 넘는 몸집이 드러난다. 그가 무엇을 하려는 것인지 나는 안다. 사진 앨범을 들고 올 것이다. 초창기의 병원 모습과 세 명의 병원 설립자를 찍은 사진을 내게 보여주면서 끝도 없이 떠들어댈 것이다.

"박사님, 타… 오투무 박사님이 PET 스캔을 도와달라고 하셨어요."

"그래요, 그래." 그는 여전히 책장에서 앨범을 찾고 있다.

"PET 스캔을 도울 수 있는 간호사가 저밖에 없어서요, 박사님." 내가 딱 집어 말한다. 내 말에 박사가 서두를 거라고 기대하진 않지만, 그가 하고 싶은 말이 뭐든 간에, 그 얘기를 듣자고 한 시간씩 기다리진 않을 작정이다. 뜻밖에도, 그가 빙글 돌아서더니 나를 향해 환히 웃는다.

"그래서 내가 자넬 부른 걸세!"

"네?"

"자네를 한동안 지켜봤다네." 그가 검지와 중지로 자신의 눈을 가리켰다가 다시 나를 가리키면서 이렇게 말한다. "마음에 들더군. 꼼꼼하고 우리 병원에 열정도 있어. 솔직히, 내 모습을 보는 것 같았어!" 그가 다시 웃는다. 마치 개 짖는 소리 같다.

"감사합니다, 박사님." 그의 말을 들으니 마음이 따뜻해져서,

그에게 미소를 짓는다. 그저 할 일을 했을 뿐이지만, 나의 노고를 알아주는 사람이 있다는 건 감사한 일이다.

"두말할 필요도 없이, 자네는 수간호사 감이네!" 수간호사. 내게 꼭 맞는 자리이긴 하다. 어쨌거나, 이미 한동안 수간호사 역할을 하고 있다. 내가 그 자리에 거론되고 있다고 타데가 알려주었다. 승진하면, 축하의 의미에서 저녁식사를 함께하자고 했던 그의 약속이 생각난다. 그 약속은 이제 더 이상 효력이 없겠지. 나는 타데의 우정을 잃었고, 물속에 있는 페미는 아마도 지금쯤 원래보다 세 배는 부풀어 올랐을 것이다. 하지만 이제 나는 어엿한 세인트 피터스 병원의 수간호사다. 듣기 좋은 말이다.

"영광이에요, 박사님."

혼수상태

접수창구로 돌아가니, 치치가 아직 퇴근을 않고 얼쩡대고 있
다. 아마도 끔찍하게 싫은 남자가 집에서 기다리고 있나보다.
제각기 딴짓하고 있는 직원들에게 신이 나서 떠들고 있다. '기
적', '혼수상태' 라는 단어가 내 귀에 꽂힌다.

"무슨 일이에요?" 내가 묻는다.

"아직 못 들었어?"

"뭘요?"

"너의 가장 소중한 친구가 깨어났어!"

"깼어요? 누구? 잉카?"

"아니. 야우타이 씨 말이야! 그 사람이 깨어났어!"

그 말을 듣자마자 나는 내달린다. 간호사실 옆에 서있는 치치
를 그대로 남겨두고, 서둘러 3층으로 올라간다. 아키베 박사한
테서 이 소식을 들었더라면 좋았을 걸. 그러면 신경과 관련된
질문도 할 수 있었을 텐데. 하지만 병원 역사에 대해 설교할 기
회만 엿보고 있는 사람이니, 이 뉴스를 놓친 것이 놀랍지는 않

다. 아니면, 전혀 사실이 아니라서 말하지 않았을 수도, 치치가 오해를….

침대 주변에 몰려있는 가족들에 가려서 무흐타르의 모습이 보이지 않는다. 늘씬한 몸매가 인상적이던 그의 아내와, 그의 형제로 보이는 키 큰 남자의 등이 보인다. 두 사람은 서로 닿아 있지는 않지만, 어떤 힘이 끌어당기기라도 하는 것처럼 서로를 향해 몸이 기울어 있다. 아마도 삼가는 마음 없이 너무 자주 서로를 위로해왔던 모양이다.

문 쪽을 향해 서있던 그의 자녀들은 이제 나와 마주보고 있다. 두 아들은 막대기처럼 뻣뻣하다. 그 중 한 명이 소리죽여 울고 있다. 갓난아기를 안은 딸은 아버지가 아기를 잘 볼 수 있게 몸을 기울이고 있다. 그 몸짓을 보고서야 나는 그가 정말로 의식을 회복했다는 사실을 실감한다. 무흐타르가 산 자의 세계로 돌아온 것이다.

나는 뒷걸음으로 가족들에게서 떨어진다. 그런데 그때, 그의 목소리가 들린다. "예쁘구나."

그의 목소리를 들어본 적이 없다. 처음 봤을 때, 그는 이미 혼수상태였다. 나는 그의 목소리가 풍부하고 묵직할 것이라고 상상했었다. 그런데 그에게서 높고 힘없는, 거의 속삭임에 가까운 소리가 난다. 몇 달 동안 말을 한 적이 없으니 당연하다.

나는 돌아서다가 타데와 부딪힌다.

"어이쿠." 그가 말한다. 그는 뒤로 비틀거리다가 겨우 중심을 잡는다.

"헤이." 내가 말한다. 아직도 마음은 무흐타르의 병실에 가있기 때문에 나는 정신이 없다. 타테가 내 어깨너머로 병실 안의 풍경을 본다.

"그러니까, 무흐타르 씨가 깨어난 거예요?"

"그래요, 대단하죠." 나는 대충 얼버무린다.

"다 당신 덕분이에요. 틀림없어요."

"저 말이에요?"

"당신 덕분에 견뎌낸 거예요. 당신이 있었기에 저 환자는 잊혀지지도, 방치되지도 않았잖아요."

"저분은 그런 거 몰라요."

"그럴지도. 하지만 어떤 자극에 뇌가 반응했을지는 아무도 몰라요."

"그렇죠."

"그나저나 축하해요."

"고마워요." 나는 기다려보지만, 함께 승진을 축하하자던 약속에 대해서는 아무런 언급도 하지 않는다.

나는 그의 옆을 비켜서, 복도로 나간다.

접수창구로 돌아오자마자 비명이 들린다. 대기하고 있던 환자들이 놀라 돌아본다. 잉카와 나는 소리 나는 쪽으로 달려간다. 105호실에서 나는 소리다. 잉카가 문을 열어젖힌다. 함께 안으로 뛰쳐들어가 보니, 두 청소부 아씨비와 김페가 뒤엉켜있다. 김페가 아씨비에게 헤드록을 걸었고, 아씨비는 김페의 가슴을 할퀴고 있다. 우리를 보더니 동작을 멈춘다. 잉카가 큰 소리로 웃기 시작한다. "이야!" 그녀가 외친다.

"수고했어, 잉카." 내가 날카롭게 말한다.

잉카는 붙박여 선 채, 여전히 웃음을 참지 못한다.

"수고했어." 내가 거듭 말한다. 이미 사납게 타오른 불길에 잉카가 기름을 끼얹는 일은 없어야 한다.

"뭘?"

"이제부턴 내가 처리할게."

잉카가 따지려다 말고 어깨를 으쓱한다. "좋아." 그녀가 투덜거린다. 아씨비와 김페를 한 번 더 돌아보고 실실 웃더니 화난 듯 잰걸음으로 병실을 나간다. 내가 헛기침을 한다.

"당신은 저쪽, 그리고 당신은 저쪽에 가서 서요." 서로 뚝 떨어져 서는 걸 보고 난 뒤에, 내가 그들에게 상기시켜 준다, 여기는 길거리 술집이 아니라 병원이라고. "둘 다 해고해야겠어요."

"안 돼요, 간호사님."

"제발요, 간호사님."

"이렇게 몸싸움을 벌일 정도로 심각한 문제가 뭐였는지 설명해보세요." 그들은 반응이 없다. "대답하세요."

"김페 때문이에요. 내 남자친구를 뺏어가려고 했어요."

"그래요?"

"모하메드는 네 남자친구가 아니야!" 모하메드라고? 진심이야? 잉카한테 맡길 걸 그랬다. 그러고 보니, 잉카는 상황을 짐작하고 있었던 것 같다.

163

모하메드는 형편없는 청소부인데다 개인위생도 엉망이다. 그런데도 이렇게 두 여자를 흠뻑 빠지게 만드는 재주가 있는 모양이다. 병원에서 이런 상황이 벌어지게 만들다니. 정작 해고해야 할 사람은 모하메드다. 그가 없어도 하나 아쉬울 게 없다.

"모하메드가 누구의 남자친군지 난 관심 없어요. 이렇게 뚝 떨어져서 노려봐도 좋고, 서로 집에 불을 질러도 좋아요. 하지만 일단 병원에 들어와서는 프로답게 행동해요. 아니면 직장을 잃게 될 거예요. 알아들었어요?"

그들이 뭐라고 중얼댄다. 구시렁구시렁.

"알아들었냐고요?"

"네, 간호사님."

"좋아요. 그럼 일하세요."

접수창구로 돌아와 보니, 잉카가 몸을 뒤로 기대고 눈을 감은 채, 입을 벌리고 있다.

"잉카!" 내가 클립보드를 카운터에 탕 소리가 나게 내려놓았다. 깜짝 놀란 그녀가 잠에서 깬다. "한 번만 더 자다가 내 눈에 띄면, 위에 보고할 거야."

"네가 수간호사라도 된 거 같다?"

"사실은," 분미가 투덜대듯 말한다. "오늘 오전에 승진했어."

"뭐라고?"

"이따가 승진에 관한 회의가 있을 거야." 내가 덧붙인다.

잉카는 아무 말도 하지 못한다.

게임

비가 온다. 우산을 망가뜨리고 우의를 무용지물로 만드는 그런 비다. 우리는 집 안에 꼼짝없이 갇혀있다. 아율라와 타데와 나. 그들을 피하고 싶은데, 거실을 지나가려는 나를 아율라가 불러 세운다.

"게임하자 우리!"

타데와 나는 한숨을 쉰다.

"나는 빼줘." 내가 말한다.

"그냥 '우리끼리' 하면 안 될까요? 우리 둘이." 타데가 아율라에게 제안한다. 내 마음이 칼에 찔린 듯 아프지만 태연한 척한다.

"안 돼요. 세 명 이상이 하는 게임이에요. 다 같이 하든가 아니면 말든가."

"체커 게임 할까요, 아니면 체스?"

"싫어요. 클루 게임하고 싶어."

내가 타데라면, 그녀에게 말할 텐데, 클루 게임을 네 이야기로 채워도….

"내가 가서 가져올게." 그녀가 벌떡 일어나 나가고, 거실에는 타데와 나, 두 사람만 남았다. 나는 그를 보고 싶지 않다. 그래서 비에 씻긴 창밖의 풍경을 내다본다. 모두들 집 안으로 피신했는지 주택가 도로가 텅 비었다. 서양에서는 빗속에서 걷거나 춤도 추겠지만, 이곳은 비가 사람을 완전히 삼켜버릴 수도 있다.

"일전에는 내가 좀 심했던 것 같아요." 그가 말하고 내 대답을 기다린다. 하지만, 나는 할 말이 없다.

"자매들은 서로 아주… 짓궂게 구는 경우도 있다고 들었어요."

"누가 그러던가요?"

"아율라가요."

소리 내어 웃어주고 싶은데, 목에서 끽끽거리는 소리가 난다.

"아율라는 당신을 진심으로 존경해요." 나는 결국 그를 쳐다본다. 사슴 같은 옅은 갈색의 천진한 눈동자를 들여다보면서 나는 생각한다. 나도 저럴 때가 있었을까, 나도 저런 천진함을 가진 적이 있었을까. 그는 놀랍도록 평범하고 순진하다. 나와 마찬가지로 아율라도 그의 순진함에 끌리는 것인지 모르겠다. 아율라와 나는 순진함을 빼앗겼으니. 내가 막 대답을 하려고 입을 여는데, 아율라가 돌아와서 카우치에 깡충 올라앉는다. 보드게임 판을 가슴에 안고 있다. 그의 눈은 나의 존재를 잊고 아율라에게 맞춰져 있다.

"타데, 이 게임 해본 적 있어요?"

"아니."

"그럼 들어봐요, 살인자가 누군지, 어느 방에서 살인이 일어났는지, 그리고 살인무기는 무엇이었는지 알아내는 게임이에요. 먼저 알아내는 사람이 이긴다!"

그녀가 게임룰이 적힌 종이를 그에게 넘겨주면서 나에게 눈을 찡긋한다.

열일곱

처음 그 일이 벌어졌을 때 아율라는 열일곱 살이었고, 겁에 질려있었다. 나에게 전화를 하긴 했는데, 무슨 말을 하는지 통 알아들을 수가 없었다.

"네가 어쨌다고?"

"나… 칼… 그게… 사방에 피야."

그녀는 추운 사람처럼 이를 덜덜 떨고 있었다. 나는 극심한 공포가 이는 것을 애써 억눌렀다.

"아율라, 천천히. 숨을 깊이 들이마시고. 어디서 피가 나니?"

"나… 내가 아니라… 숨토. 숨토가 피를 흘리고 있어."

"누가 너를 폭행했어?"

"내가….."

"지금 어딨니? 내가 사람을 불러….."

"안 돼! 혼자 와."

"아율라, 어딘데?"

"혼자 올 거지?"

"난 의사가 아니야."

"혼자 올 거라고 약속하지 않으면 말 안 할 거야."

그래서 나는 약속을 했다.

내가 아파트에 도착했을 때, 솜토는 이미 죽어있었다. 바지는 발목에 걸쳐져 있었고, 공포에 질린 얼굴은 나의 공포를 그대로 비추고 있는 것 같았다.

"네가… 네가 이렇게 한 거니?"

당시에 나는 너무 두려웠던 나머지, 청소 따위를 하면서 거기서 꾸물거리고 싶지 않았다. 그래서 방에 불을 질러버렸다. 아율라를 경찰의 손에 맡길 생각은 추호도 없었다. 정당방위였다는 아율라의 호소가 받아들여지지 않을지도 모르는데, 그런 위험을 감수할 수는 없었다.

솜토는 강이 보이는 원룸형 아파트에서 살고 있었다. 제3메인랜드 다리 아래 석호로 흘러들어가는 바로 그 강물. 그가 발전기에 쓰려고 보관하고 있던 디젤유를 가지고 와서 그의 몸에 끼얹은 다음 성냥을 그어 불을 붙이고 달아났다. 화재경보가 울리자 입주자들은 모두 건물 밖으로 재빨리 달아났다. 덕분에 이차적인 피해는 없었다. 솜토는 흡연자였다. 경찰이 원하는 증거는 그게 다였다.

살인자 - 아율라, 장소 - 원룸형 아파트, 살인도구 - 칼.

맨이터*

클루 게임에서 아율라가 이긴다. 하지만 그건, 그녀가 교묘하게 쳐놓은 함정에 빠지지 않도록 타데에게 룰을 설명하느라 내가 바빴기 때문이다.

나는 스스로를 설득하고 있었다. 타데가 이 게임을 이길 수 있다면… 그럼 아마도….

"이 게임에는 프로군요." 그가 그녀의 허벅지를 지그시 누르면서 말한다. "배가 고프네요. 케이크를 좀 먹었으면 싶은데. 남은 게 있나요?"

"언니한테 물어봐요."

"아. 코레드도 케이크 구울 줄 알아요?"

아율라가 눈썹을 치켜 올리고 나를 본다. 나는 그녀의 눈을 마주 보면서 기다린다.

"그럼 내가 굽는다고 생각했어요?"

---

* maneater. 식인종. 남성편력이 심한 여자 - 옮긴이.

"네… 당신이 구운 파인애플 업사이드다운 케이크를 먹었는데."

"내가 구웠다고 코레드가 그러던가요?"

그가 얼굴을 찡그린다. "네… 아, 아니다… 어머니가 그러셨네요."

그녀가 그를 보면서 웃는다. 속은 게 불쌍하다는 듯이.

"나는 죽어도 빵은 굽지 못할걸요." 그녀가 분명하게 말한다. "오늘 아침에 언니가 애플 크럼블 만들었는데, 좀 드실래요?"

"아. 그럼요, 좋아요."

아율라가 하녀를 불러서 커스터드를 얹은 애플 크럼블과 접시를 내오라고 말한다. 5분이 지나고, 하녀가 엄청난 양의 크럼블을 접시에 나누어 준다. 나는 속이 메스꺼워서 내 앞에 놓인 접시를 치운다. 타데가 한 입 베어 물더니, 눈을 감고 미소를 짓는다. "정말 맛있어요, 코레드."

깨어나다

무흐타르가 혼수상태에서 깨어난 후로는 그의 병실에 가지 않았다. 그 시절은 끝난 것이다. 그에게 내 얘기를 털어놓아도 무사할 거라는 기대는 더 이상 할 수 없게 되었고, 무엇보다 처음부터 나는 그의 담당간호사가 아니었다.

"코레드."

"음."

"313호실 환자가 보고 싶대."

"무흐타르가? 왜요?"

치치가 어깨를 으쓱한다. "가서 그분한테 직접 물어보지 그래."

그의 호출을 무시할까도 싶었지만, 어쨌든 그는 곧 병원복도를 돌아다니게 될 것이다. 그것도 물리치료의 일부이니. 내가 그를 보는 것은 시간문제일 뿐이다. 나는 병실 문을 두드린다.

"들어오세요."

그는 침대에서 일어나 앉으면서 들고 있던 책을 옆에다 내려

놓는다. 그는 뭔가 기대하는 표정으로 나를 본다. 눈 가장자리
가 거무스름하긴 하지만, 눈동자는 또렷하게 초점을 맞추고 있
다. 막 깨어났을 때보다 좀 나이 들어 보인다.

"코레드 간호사입니다." 그의 눈이 커진다.

"당신이 바로 그 사람이군요."

"그 사람이라고요?"

"나를 찾아왔던 사람이요."

"아, 사람들이 말해주던가요?"

"누가요?"

"간호사들이요."

"간호사요? 아니요. 제가 기억하는 거예요."

"선생님이 뭘 기억한다는 거죠?" 병실이 춥다. 손이 차가워지
면서 욱신거린다.

"당신의 목소리를 기억해요. 나한테 얘기하던 그 목소리."

나는 피부가 까맣다. 그런데 지금 내 몸에 있는 피가 모조리
발바닥으로 쏠려 마치 유령처럼 보일 거라고 확신한다. 혼수상
태에 있는 환자는 주변을 인식하지 못한다고 믿게 만든 그 모
든 연구들은 다 뭐란 말인가? 물론, 내가 그의 병실을 찾은 것이
도움이 되었다고 타데는 확신했지만, 무흐타르가 실제로 내 목
소리를 들을 수 있을 거라고는 한 번도 생각해보지 않았다.

"내가 당신에게 얘기하던 것을 기억한다고요?"

"그래요."

"내용도 기억하나요?"

시장

내가 열 살이었을 때, 엄마는 장터에서 나를 잃어버렸다.

토마토, 비터 리프, 가재, 양파, 아타 로도, 타타세, 질경이, 쌀, 닭고기, 소고기 등을 사러 간 길이었다. 장볼 목록을 손에 들고 있긴 했지만, 이미 다 외우고 있었기 때문에 나는 낮은 목소리로 노래하듯 목록을 읊조렸다.

엄마는 아율라의 손을 잡고 있었고, 나는 그 뒤를 따라가고 있었다. 가판대 사이를 헤집고 다니며 수많은 사람들 틈에서 엄마를 놓치지 않으려고, 나는 엄마의 등에서 눈을 떼지 않았다. 아율라가 무언가를 발견하고, 아마도 도마뱀이었던 것 같은데, 쫓아가려고 했다. 그녀는 엄마에게 잡혀 있던 손을 빼고 달리기시작했다. 엄마는 본능적으로 그녀를 뒤쫓아 달렸다.

순식간에 벌어진 일이었다. 나는 아율라가 없어진 것도 몰랐다. 엄마가 빠른 걸음이긴 했지만 일정한 속도로 내 앞에서 걷고 있었는데, 갑자기 나를 팽개치고 꽁지가 빠지게 달리기 시작한 것이다.

따라잡으려고 해봤지만, 금방 엄마를 놓쳐버렸고 나는 멈추
어 섰다. 불현듯, 어딘지 모를 곳에서 험상궂은 낯선 사람들에
둘러싸여 있는 자신을 발견했다. 지금 나는 그때와 비슷한 기분
을 느낀다. 불확실하고, 두렵고, 틀림없이 무언가 나쁜 일이 벌
어질 것 같은 느낌.

기억

무흐타르가 이마에 주름을 지으며 인상을 쓰다가 어깨를 으쓱한다.

"한 토막씩 기억이 나요."

"뭐가 생각나세요?"

"좀 앉으실래요?" 그가 의자를 가리키고 나는 그의 말을 따른다. 그가 말을 계속하게 해야 한다. 이 남자에게 나는 거의 모든 비밀을 털어놓았다. 당연히 그가 나의 비밀을 무덤까지 가지고 갈 거라는 확신이 있었다. 그런데 지금 그는 수줍은 미소를 지으며 나와 눈을 맞추려고 한다.

"왜 그랬나요?"

"뭘요?" 무슨 말을 하는지 의식도 못한 채 내가 묻는다.

"나를 찾아준 것 말이에요. 알지도 못하는 사람인데. 내 가족조차 점점 뜸해지더니 거의 발길을 끊는구나, 생각했거든요."

"혼수상태 환자분을 지켜보는 게 가족에게도 힘든 일이죠."

"제 가족들 변명까지 해주실 필요는 없어요."

그러고 나서는 무슨 말을 해야 할지 몰라, 둘 다 입을 다문다.

"제게 손녀가 생겼더군요."

"축하드려요."

"애 아빠 말로는 자기 자식이 아니래요."

"아… 무슨 사정인지 궁금하네요."

"결혼 했나요?"

"아니요."

"잘했어요. 결혼은 사람들이 말하는 것과는 달라요."

"뭔가 기억나는 게 있다는 얘기를 하셨는데."

"그래요. 놀라운 일이에요, 그렇죠? 온 몸이 동면상태에 있다고들 생각하지만, 사실 뇌는 여전히 정보를 모으면서 작동을 하고 있답니다. 정말 흥미로워요."

무흐타르는 내 예상보다 훨씬 수다스러웠고 얘기할 때 동작도 꽤나 컸다. 룸을 가득 메운 젊은이들 앞에서 강의하는 그의 모습이 상상이 간다. 청중이 관심을 보이지 않아도 그는 열정과 활기를 잃지 않을 것 같다.

"그러면, 꽤 많이 기억하시겠네요?"

"아니에요. 그렇게 많지는 않아요. 당신이 시럽 뿌린 팝콘을 좋아한다는 건 알아요. 나한테 언젠가 한 번 먹어보라고 했죠."

나는 숨이 턱 막혔다. 이 병원에서 타데 말고는 그걸 아는 사람이 아무도 없다. 그리고 타데는 짓궂은 장난을 칠 사람이 아니다.

"그게 다예요?" 내가 조용히 묻는다.

"불안해 보이네요. 괜찮아요?"

"전 괜찮아요."

"여기 물이 있는데, 좀…."

"정말로 괜찮아요. 다른 건 기억나지 않으세요?"

그가 한쪽으로 비스듬히 머리를 기울이고 나를 찬찬히 뜯어 본다.

"아 그래요, 기억나요, 여동생이 연쇄살인범이라고 했던 게."

미친 짓

내가 무슨 생각으로 아직 숨도 끊어지지 않은 사람에게 비밀을 털어놓았을까?

반갑지 않은 생각 하나가 마음속을 비집고 들어온다. '목적을 이루기 위한 수단.' 나는 그 생각을 짓누르면서 그와 시선을 마주치고 소리 내어 웃는다.

"누구를 죽였다고 그러던가요?"

"그건 잘 생각이 안 나네요."

"정상적인 반응이에요. 혼수상태였던 환자는 대부분 꿈과 현실을 구분하는 데 어려움을 겪죠."

그가 고개를 끄덕인다. "나도 같은 생각을 하고 있었어요."

말은 그렇게 하지만 확신은 없어 보인다. 그게 아니면, 내가 공포를 느끼고 있기 때문에 그의 목소리 톤에 너무 큰 의미를 부여하고 있는 건지도 모른다. 그는 여전히 내게서 시선을 떼지 않고 상황을 이해하려고 애쓰고 있다. 나는 프로다운 모습을 보여야 한다.

"최근에 두통을 느끼신 적이 있나요?"

"아니… 없어요."

"좋아요. 주무시는 데 어려움은 없구요?"

"가끔…."

"흠… 만약 환각이 보이기 시작하면…."

"환각이요?!"

"놀라지 마시고, 저희한테 알리세요."

그는 몹시 놀란 것 같고, 그래서 나는 조금 죄책감이 든다. 나는 일어선다.

"쉬세요. 그리고 필요한 게 있으시면, 옆에 있는 버튼을 누르세요."

"조금만 더 있다 가면 안 되나요? 목소리가 참 좋아요."

그의 얼굴은 좁고 굳어있다. 눈에 모든 표정을 담고 있다. 나는 일어서서 의자를 구석으로 밀어놓는다. 별로 더 손댈 필요도 없는 물건들을 정돈하면서 돌아다니는 동안 그의 눈이 나를 따라다닌다. 그의 눈길 때문에 나는 안절부절 못한다.

"죄송해요, 이제 일하러 가야 해요."

"여기 있는 건 일하는 게 아닌가요?"

"저는 환자분의 담당간호사가 아니에요." 나는 억지웃음을 지으며 그의 환자메모를 보는 척하다가 문을 향해 간다. "회복하셔서 기뻐요, 야우타이 씨."

나는 그렇게 말하고 병실을 나온다.

세 시간 후, 무흐타르가 나를 자신의 간호사로 요청했다고 분미가 알려준다. 현재 그의 간호를 맡고 있는 잉카가 조금도 개의치 않는다는 듯 어깨를 으쓱한다.

"그건 그렇고, 그 사람 눈이 참 으스스해."

"누구한테 그런 요청을 했대?" 내가 묻는다.

"환자우선 박사님." 아키베 박사를 말하는 거다. 아키베 박사가 무흐타르의 요청을 수락할 확률은 매우, 매우 높다. 그는 환자의 요청을 언제나 기꺼이 들어준다. 자신은 아무것도 안 해도 되니까.

나는 접수창구에 있는 의자에 털썩 앉아서 나의 선택지를 두고 고민한다. 하지만 어느 것도 마음에 들지 않는다. 그의 이름을 수첩에 적는 상상을 한다. 아윰라의 기분이 이런 걸까 싶은 생각이 든다. 한순간 행복에 들떠 기분이 좋다가, 바로 다음 순간 살의로 가득 차는.

꿈

나는 페미 꿈을 꾼다. 죽은 페미 꿈이 아니다. 인스타그램을 도배하고 있는 미소와, 내 마음속에 영원히 기억될 시의 주인, 바로 그 페미이다. 어쩌다 그가 희생자가 되었을까, 나는 이해하려고 노력해왔다.

그는 오만하다. 여기에는 의심의 여지가 없다. 하지만 잘생기고 재능 있는 남자라면 으레 그렇지 않은가. 자신의 블로그에서 그의 말투는 무뚝뚝하고 냉소적이며, 어리석은 행동을 참지 못하는 것처럼 보인다. 하지만 자신과의 전쟁을 벌이면서도 그의 시는 장난스럽고 로맨틱했다. 그는… 단순한 사람이 아니었다. 아율라의 마법에 걸려서는 안 되는 종류의 남자였다.

내 꿈속에서, 그는 의자에 느긋하게 기대고 앉아 나에게 어떻게 할 거냐고 묻는다.

"뭘 어떻게 해요?"

"알잖아요, 그녀는 멈추지 않을 거예요."

"자신을 방어했을 뿐이에요."

"정말로 그렇게 믿는 건 아니죠?" 그가 가볍게 고개를 흔들며 힐난한다.

그가 일어나더니 내게서 멀어져간다. 나는 그를 쫓아간다. 달리 뭘 할 수 있겠는가? 나는 꿈에서 깨고 싶다. 하지만 페미가 나를 어디로 데려가려는지 알고 싶기도 하다. 알고 보니, 그는 자신이 죽었던 장소로 가고 싶었던 것. 우리는 함께 그의 시체를 응시한다, 그 완전한 무기력을. 그의 옆, 바닥 위에, 그녀가 지니고 다니며 피를 쏟게 만들었던 칼이 놓여있다. 그녀는 내가 그 곳에 도착하기 전에 칼을 숨겼었다. 그런데 꿈에서는 그 칼을 분명하게 보고 있다.

그가 나에게 묻는다. 자신이 뭘 달리할 수 있었겠는지.

"그녀의 실체를 정확히 볼 수도 있었겠죠."

아이스크림

그녀의 이름은 페주다.

그녀는 우리 집 주변을 맴돌다가 내 차가 대문을 나서자마자 잽싸게 달려든다. 누군지 금방 알아보진 못했지만, 원하는 게 뭔지 궁금하여 나는 차창 밖으로 머리를 내민다.

"그에게 무슨 짓을 한 거야?"

"무슨 말이죠?"

"페미 말이야. 페미한테 무슨 짓을 한 거야?" 그제야 나는 그녀가 누군지 깨닫는다. 인스타그램에서 그녀를 셀 수도 없을 만큼 보았다. 페미에 관한 포스팅을 계속하는 여자이며, 스냅챗으로 아율라를 불러낸 그 여자다. 몸무게가 많이 빠졌고 예쁜 눈은 충혈되어 있다. 나는 무표정한 얼굴을 유지하려고 노력한다.

"도와드릴 수가 없네요."

"못 도와준다고? 안 도와주는 게 아니라? 난 오빠에게 무슨 일이 있었는지만 알면 돼." 차를 몰고 가려는데, 그녀가 차문을 연다.

"아무것도 모르는 것보다 더 지독한 건 없어." 그녀의 목소리가 갈라진다.

나는 시동을 끄고 차에서 내린다. "미안해요, 하지만…."

"그가 불쑥 이 나라를 떠났을 거라고 말하는 사람도 있지만, 절대 그런 짓을 할 사람이 아니야. 우리를 이렇게 걱정시킬 사람도 아니고… 알 수만 있다면…."

그녀에게 고백하고 싶은 강한 충동을 느낀다. 그의 오빠가 무슨 일을 당했는지 말해주고 싶다. 그래서 그녀가 평생을 의문 속에서 살지 않아도 되게. 나는 머릿속으로 할 말을 생각한다. '미안하네요, 내 동생이 그를 뒤에서 쩔렀고, 내가 그를 물속에 던지자고 했어요.' 그 말이 어떻게 들릴지 생각해본다. 그 말을 하고 나면 어떻게 될지도 생각해본다.

"이봐요, 나는 정말 아무것도…."

"페주?"

페주가 얼른 고개를 들고, 진입로로 들어서는 내 동생을 본다.

"여기서 뭐하고 있어?" 아윸라가 묻는다.

"네가 그를 마지막으로 봤잖아. 네가 아직 말하지 않은 게 있다는 걸 알아. 오빠한테 무슨 일이 있었던 건지 말해줘."

아윸라는 멜빵바지를 입고 - 그녀는 내가 아는 한 급한 상황에서도 멜빵바지를 다룰 줄 아는 유일한 사람이다 - 아이스크림을 핥아먹고 있다. 아마 모퉁이 가게에서 샀을 것이다. 그녀가 핥던 동작을 멈춘다. 페주의 말에 감동해서가 아니라 슬픔에 빠진 사람 앞에서는 어떤 동작이라도 멈추는 것이 적절한 행동이라는 걸 알기 때문이다. 그 예의를 설명하느라 어느 일요일 오후 세 시간을 썼었다.

"네 생각에는 페미가… 죽은 것 같아?" 아율라가 낮고 부드러운 음성으로 묻는다.

페주가 흐느끼기 시작한다. 아율라의 질문 때문에 이제껏 최선을 다해 버텨오던 감정의 둑이 무너진 듯했다. 그녀의 울부짖음은 깊고 요란하다. 그녀가 숨을 깊이 들이마시면서 몸서리를 친다. 아율라가 한 번 더 아이스크림을 핥고는 페주를 끌어당겨 아이스크림을 들지 않은 팔로 안아준다. 울고 있는 페주의 등을 쓰다듬는다.

"괜찮아질 거야. 결국은 다 괜찮아져." 아율라가 그녀에게 속삭인다.

누구에게서 위로를 받든 그게 무슨 상관인가? 누가 하든 위로는 위로다. 그러니 오빠가 죽었을 가능성에 대해 있는 그대로 진실을 말할 수 있는 살인자의 위로라 한들 무슨 상관이겠는가? 페주는 페미가 아직 살아있을지도 모른다는 견딜 수 없는 희망의 무게를 벗어나야 했고, 기꺼이 그것을 도와줄 사람은 아율라뿐이다.

아율라는 체념한 얼굴로 더 이상 핥아먹을 수 없게 된 아이스크림을 보면서 페주의 등을 계속 토닥인다. 녹아내린 아이스크림이 길 위로 뚝뚝 떨어진다.

비밀

"코레드, 잠깐 얘기 좀 할 수 있을까요?"

나는 고개를 끄덕이고 타데의 진료실로 따라 들어간다. 문을 닫자마자 그가 나를 보고 환히 웃는다. 나는 얼굴이 붉어지면서 도리 없이 미소를 짓는다.

그는 오늘따라 유난히 좋아 보인다. 최근에 이발을 했다. 평소에는 머리모양에 대해 꽤 보수적인 편이라, 거의 두피에 닿을 정도로 아주 짧게 자르고 다닌다. 그런데 최근 들어 머리를 길렀다. 뒤와 옆은 짧지만, 가운데 머리는 3센티 가까이 되게 기르고 있다. 잘 어울린다.

"보여줄 게 있어요, 꼭 비밀을 지키겠다고 약속해야 돼요."

"알았어요…."

"약속요."

"약속해요, 비밀을 지킬게요."

그가 콧노래를 흥얼거리며 서랍장으로 가서 무언가를 꺼낸다. 상자다. 반지 상자.

"누구?" 내가 외마디 소리를 낸다. 누구를 위한 반지인지 잘 모르는 것처럼. 그 반지의 주인이 될 수 없는 사람이 누구인지 모르는 것처럼.

"그녀가 좋아할까요?"

2캐럿짜리 프린세스 커트 다이아몬드를 박은 반지다. 장님이 아니고서야 좋아할 수밖에 없는 반지다.

"아율라에게 청혼하려는 거군요." 내 생각과 그의 생각이 일치하는지 확인하려고 내가 말한다.

"그래요. 그녀가 내 청혼에 응해 줄까요?"

마침내, 나로서는 답을 알 수 없는 질문이 날아들었다. 나는 눈을 깜박이면서 뜨거운 눈물을 삼키고 헛기침으로 목청을 가다듬는다. "너무 이른 거 아닐까요?"

"때가 되면 그냥 알 수 있어요. 당신도 언젠가 사랑에 빠지게 되면 이해할 거예요, 코레드."

내 웃음소리에 내가 놀란다. 처음엔 헐떡이는 소리로 시작해서, 키득거리다가, 급기야 걷잡을 수 없이 눈물까지 뽑는 웃음으로 변해간다. 타데가 보고 있는데, 웃음을 멈출 수가 없다. 마침내 진정이 되고 나서 그가 묻는다.

"뭐가 그렇게 재밌어요?"

"타데… 내 동생 어디가 그렇게 좋아요?"

"모든 것이요."

"한 가지만 말해야 한다면요."

"글쎄요… 그녀는… 그녀는 아주 특별해요."

"그래요… 그런데 뭐가 그렇게 특별한가요?"

"그녀는 아주… 그러니까 내 말은, 아름답고 완벽해요. 누군가와 이렇게까지 함께 있고 싶었던 적이 없어요."

나는 손가락으로 이마를 문지른다. 아율라가, 누가 어떤 바보짓을 해도 그냥 웃어넘길 뿐 절대 뒤끝이 없는 사람이라는 사실을, 타데는 콕 집어서 말하지 못했다. 그녀가 게임을 할 때 얼마나 재빠르게 속임수를 잘 쓰는지도 언급하지 않았고, 눈감고도 치마에 헴스티치를 할 정도로 재주가 좋다는 사실도 말하지 않았다. 그는 모르는 것이다, 그녀가 가진 최고의 장점을. 혹은 그녀의… 가장 어두운 비밀을. 어쨌든 그는 아무래도 상관없는 것 같다.

"반지는 그냥 넣어두세요."

"뭐라구요?"

"이 모든 게…." 나는 그의 책상에 엉덩이를 걸치고 적당한 말을 생각한다. "이 모든 게 그 애에게는 그저 재미이자 게임일 뿐이에요."

그가 한숨을 쉬고 고개를 흔든다. "사람은 변하기 마련이에요, 코레드. 그녀가 나를 속인다거나 뭐 그 비슷한 일을 했다는 거 알아요. 하지만 그건 그녀가 진정한 사랑을 몰랐기 때문이에요. 그 진정한 사랑을 내가 그녀에게 줄 수 있어요."

"그 애 때문에 당신이 다칠 거예요." 나는 다가가 그의 어깨에 손을 올린다. 그는 어깨를 으쓱하며 내 손을 거부한다.

"내가 잘할 수…."

어떻게 사람이 이렇게 둔할 수 있을까? 가슴에 가스가 차는 것 같은 좌절감이 느껴져 나는 트림하듯 내뱉어버린다.

"아니요. 내가 한 말 진심이에요. 그녀가 당신을 다치게 할 거예요. 육체적으로! 전에도 사람들을, 남자들을, 다치게 했어요." 나는 허공을 조르는 시늉을 하면서 내 말 뜻을 분명하게 보여주려고 애쓴다.

그가 내 말에 대해 생각하는 동안, 그리고 그 말을 해버렸다는 사실을 나 스스로 찬찬히 생각하는 동안, 잠시 침묵이 흐른다. 나는 두 손을 떨군다. 이제는 입을 다물 때가 되었다. 내가 할 수 있는 말은 다 했다. 여기서부터는 그가 혼자서 해나가야 한다.

"당신한테 남자가 없어서 이러는 건가요?" 그가 묻는다.

"뭐라고요?"

"왜 아율라의 삶이 앞으로 나아가는 걸 원치 않는 거죠? 마치 그녀가 남은 평생 당신에게 의지하기를 바라는 것 같네요."

그가 고개를 저으며 실망감을 드러낸다. 나는 비명을 지르고 싶지만 참아야 한다. 주먹을 꼭 쥐어서 손톱이 손바닥을 파고든다. 아율라의 앞을 가로막은 적 없다. 오히려, 그녀에게 앞날을 선물하면 했지.

"어떻게 내가…."

"당신은 아율라가 행복해지기를 원치 않는 것만 같아요."

"그 애는 살인을 했다구요!" 나는 소리친다. 말을 내뱉자마자 후회가 밀려든다. 타데는 또다시 고개를 젓는다. 내가 얼마나 더 비열해질 수 있는지 경이로워하면서.

"죽은 남자에 대해 그녀가 얘기해줬어요. 당신은 그 일이 그녀 탓이라고 한다더군요."

어느 남자를 말하는 거냐고 묻고 싶은 마음이 굴뚝같았지만, 이건 내가 이길 수 없는 싸움이란 걸 안다. 시작도 하기 전에 이미 진 싸움이다. 아율라가 여기 없어도, 타데는 마치 꼭두각시처럼 그녀의 말을 대신하고 있다.

"코레드," 그가 방침을 바꾸고 한결 부드러워진 목소리로 말한다. "그녀는 진심으로 당신의 인정을 받고 싶어 해요. 그런데 당신은 비판과 경멸만 안겨주죠. 그녀는 사랑하던 사람을 잃었는데, 당신은 오로지 그녀에게 책임을 돌리려고 해요. 당신이 그렇게 잔인한 사람이라는 생각은 해본 적이 없는데. 코레드, 난 당신을 안다고 생각했어요."

"아니요. 당신은 나에 대해서 아무것도 몰라요. 당신이 청혼하려는 여자에 대해서도 마찬가지고요. 아무튼, 아율라는 3캐럿 이하의 반지는 끼려고 하지 않을 거예요."

그는 여전히 반지상자를 그러쥔 채, 내가 외국어라도 하고 있다는 듯이 쳐다본다. 다 부질없다. 시간낭비였을 뿐이다.

나는 문을 열고 나오면서 어깨너머로 그를 돌아본다. "등 뒤를 조심하세요."

일찍이 그녀가 나에게 경고처럼 말했었지— 그는 깊이 있는 사람이 아니야. 그저 얼굴만 예쁘면 더 바라는 게 없어.

친구

내가 간호사 데스크로 다가가자, 전화기를 들여다보고 있던 잉카가 고개를 든다.

"아, 코레드, 다행이다. 찾으러 다녀야 하나 걱정했는데."

"내가 도와줄 일이라도 있어?"

"별 말씀을… 내가 아니라, 그 혼수상태 남자가 계속 너를 찾아."

"멀쩡한 이름이 있잖아, 무흐타르라고."

"어쨌든." 잉카가 몸을 젖히고 캔디크러쉬 게임을 다시 시작한다. 나는 발길을 돌려 313호로 향한다.

그는 안락의자에 앉아서 아그발루모 열대과일을 빨아먹고 있다. 아마 기분 전환이라도 하라고 다른 간호사가 그를 의자에 앉혀준 모양이다. 내가 들어서자 그가 미소를 짓는다.

"안녕하세요!"

"안녕하세요."

"앉으세요, 어서요."

"오래는 못 있어요." 타데와 나눈 얘기가 아직도 귀에 쟁쟁하여 수다를 떨 기분이 아니다.

"앉아요."

나는 앉는다. 그는 훨씬 좋아 보인다. 머리를 잘랐고, 살도 좀 찐 것 같다. 안색도 좋아졌다. 그에게 그렇게 말해준다.

"고마워요. 의식이 있다는 게 건강에 이렇게 영향을 미치다니 놀라운 일이에요!" 그가 혼자서 웃다가 뚝하고 웃음을 그친다.

"괜찮은가요? 조금 창백해 보이네요."

"괜찮아요. 제가 도와드릴 일이 있나요, 야우타이 씨?"

"제발, 그렇게 격식 차리지 마세요. 무흐타르라고 불러요."

"그러죠…."

그가 일어서더니 커피테이블에 놓인 종이봉지를 집어서 나에게 건넨다. 시럽을 듬뿍 끼얹은 팝콘이다. 맛있어 보인다.

"이러실 필요 없는데."

"하고 싶었어요. 내 고마운 마음을 아주 조금만 표시한 거예요."

간호사가 환자에게서 선물을 받는 것은 금지되어 있다. 하지만 감사의 표시를 거절해서 그를 기분 상하게 하고 싶지 않다. 고맙다고 말하고 봉지를 받아서 한쪽으로 밀어놓는다.

"기억을 되짚어봤어요. 어떤 건 더 확실하게 생각이 나요." 그가 말을 꺼낸다.

솔직히, 이런 얘기를 하기에는 지금 내가 너무 피곤하다. 하루에 이 모든 일을 감당하기에는. 아마도 그는 내가 들려준 얘기를 모두 기억해낼 것이다. 시체가 있는 곳까지 포함해서. 그러면 다 끝나는 것이다.

"우리 그냥 토론한다고 생각하고 얘기해보죠. 어떤 사람이, 누군가 끔찍한 범죄를 저질렀다는 걸 알게 됐어요. 그런데 그 누군가는 이 사람에게 소중한 사람이에요. 이 사람은 어떻게 할까요?" 그가 잠깐 말을 멈춘다.

나는 의자에 등을 기대고 앉아 그를 찬찬히 살펴본다. 현명하게 대답해야 한다. 동생과 나를 감옥에 보낼 수 있는 도구를 생각 없이 나 스스로 이 남자 손에 쥐어주었다. 그의 의도가 무엇인지, 전혀 짐작이 가지 않는다.

"그 사람은 신고할 의무가 있겠네요."

"그렇겠죠, 네. 하지만 대부분의 사람들은 신고하지 않죠, 안 그래요?"

"신고를 안 한다구요?"

"네, 사랑하는 사람을 보호하고 신의를 지켜야 한다는 생각이 우리 머릿속에 박혀있으니까요. 게다가, 세상에 죄 없는 사람이 어디 있나요? 산부인과 병동에 가보세요! 미소 띤 부모와 신생아들이요? 살인자와 희생자들이죠. 그들 모두. '가장 애정 어린 부모와 친척들이 만면에 미소를 띠고 살인을 저지른다. 우리의 진정한 자아를 스스로 파괴하게 만드는 것, 교묘한 살인이다.'"

"그 얘기는 무척⋯." 나는 말을 잇지 못한다. 그의 말이 나를 괴롭힌다.

"짐 모리슨을 인용한 거예요. 그런 명언을 제가 했을 리 없죠."그는 아그발루모를 계속 빨아먹는다. 그는 조용히, 내가 말하기를 기다리고 있다.

"다른 사람에게 이… 얘기를 할 건가요?"

"저 밖에 있는 사람들이 혼수상태의 환자가 지껄이는 말을 진지하게 들을 것 같지 않은데요."그가 엄지손가락으로 문을 가리킨다. 우리를 바깥세상과 분리시키는 문.

둘 다 말이 없다. 나는 날뛰는 심장을 진정시키는 데에만 몰두하고 있다. 허락하지 않은, 눈물이 흐른다. 무흐타르는 침묵을 지키고 있다. 내가 무슨 일을 겪고 있는지 아는 사람이 있다는 것을, 내 편이 한 사람은 있다는 것을, 충분히 음미하라고, 내게 시간을 주는 것이다.

"무흐타르, 당신은 나와 동생을 영원히 감옥에 집어넣을 수도 있을 만큼 많은 걸 알아요. 왜 비밀을 지키려 하나요?"내가 눈물을 닦으면서 묻는다.

그가 아그발루모를 하나 더 먹다가, 너무 시어서 움찔한다.

"당신 동생은, 내가 모르는 사람이에요. 당신 동료들이 그러더군요, 아주 사랑스러운 여자라고. 하지만 직접 본 적이 없으니 그녀에겐 관심 없어요. 당신은, 내가 알지요."

그가 나를 가리킨다. "내가 관심을 가지고 있는 사람은, 당신이에요."

"선생님은 날 몰라요."

"당신을 압니다. 당신 때문에 내가 깨어난 거예요. 나를 부르는 당신의 목소리 때문에. 지금도 꿈에서 당신의 목소리를 들어요….”

그의 이야기는 점점 더 열기를 띤다. 나 자신이 또 다른 꿈속
에 있는 것처럼 느껴진다.

“두려워요.” 나는 거의 들리지 않을 정도로 속삭인다.

“뭐가요?”

“그녀가 지금 만나는 남자… 그녀가 어쩌면….”

“그럼 그를 구하세요.”

아버지

파국의 그날을 하루 앞둔 일요일이었다. 태양이 무자비하게 내리쬐고 있었다. 집에 있는 모든 에어컨이 풀가동 중인데도, 바깥의 열기가 여전히 느껴졌다. 이마에 땀방울이 맺혔다. 나는 2층 응접실 에어컨 아래에 터를 잡고 앉아서 한 치도 움직일 의사가 없었다. 정확히 말하자면, 아율라가 꾸역꾸역 계단을 기어 올라와서 나를 찾기 전까지는.

"아빠가 손님을 데려왔어!"

우리는 그 남자를 훔쳐보려고 발코니 난간 위로 몸을 기울였다. 그는 애거바드 드레스가 자꾸만 팔에서 미끄러지는지, 내려오면 올리고 또 내려오면 올리기를 반복하고 있다. 진한 푸른색의 애거바드였는데, 폭이 어찌나 넓은지 그 속에 싸여있는 남자가 빼빼한지 뚱뚱한지조차 알 수가 없었다. 아율라가 자기 옷소매를 걷어 올리면서 흉내를 냈고 우리는 같이 키득거렸다. 손님이 있을 때면 우리는 아버지가 두렵지 않았다. 아버지는 어느 때보다 점잖았고, 우리는 벌 받을 걱정 없이 웃고 장난칠 수 있었다. 손님이 우리를 올려다보면서 미소를 지었다. 나는 그 얼굴을 영원히 잊을 수 없다. 각지고 검은, 지금의 나보다도 더 검은 얼굴에, 하얀 치아가 눈부셨다. 저 정도면 틀림없이 치과 의사의 전화번호가 단축번호로 저장되어 있을 거라고 생각했다. 뒤쪽 어금니 사이에 음식물이 끼면 그가 어떻게 할지 상상해본다. 즉시 바퀴침대에 태워서 치과교정 수술실로 데려가라고 요구할 것 같았다. 상상만 해도 신이 나서, 그 이야기를 아율라에게 들려주었다. 아율라가 큰 소리로 웃음을 터뜨렸다. 덕분에 아버지의 관심을 끌고 말았다.

"코레드, 아율라, 이리 와서 손님께 인사드려라."

우리는 군말 없이 아래층으로 내려갔다. 손님은 이미 자리를 잡고 있었고, 엄마는 그에게 계속해서 맛난 음식을 권하고 있었다. 그는 중요한 사람이었다. 우리가 늘 하던 대로 무릎을 꿇자, 그가 손을 저으며 우리에게 일어서라고 했다.

"나 그렇게 노인 아니야!" 그가 외쳤다. 뭐가 우스운지 그 남자와 아버지가 소리 내어 웃었다. 발에 열이 나고 가려워서, 나는 시원한 에어컨 바람이 있는 곳으로 돌아가고 싶었다. 나는 왼발 오른발로 몸무게를 옮겨 실어가며 그만 가보라는 말이 떨어지기를 기다렸다. 어차피 사업얘기를 하려고 만났을 테니까. 하지만 아율라는 손님이 들고 온 지팡이에서 눈을 떼지 못했다. 다양한 색깔의 비즈가 지팡이 전체에 빼곡히 박혀있었다. 눈부신 광채에 사로잡힌 그녀는 좀 더 자세히 보고 싶은 마음에 지팡이로 다가갔다.

손님이 말을 멈추고 찻잔 너머로 동생을 바라보았다. 코앞에서 그녀를 보고는, 미소를 지었다. 아까 우리 두 사람에게 보여주던 미소와는 사뭇 달랐다. "따님이 아주 예쁘군요."

"정말 그런가요." 아버지가 고개를 비스듬히 기울이며 대답했다.

"아주, 아주 사랑스러워요." 그가 입술을 적셨다. 나는 아율라의 손을 잡고 뒤로 몇 발짝 끌어당겼다. 남자는 족장처럼 보였다. 크리스마스를 맞아 마을에 갈 때면, 외조부모께서는 우리가 족장 근처에 가지 못하도록 막으셨다. 족장이 마음에 드는 소녀를 발견하고 보석 박힌 지팡이로 찍으면, 그 소녀는 그의 신부가 되어야 한다는 불문율이 있었다. 그에게 이미 부인이 몇 명이든 상관없다. 간택당한 소녀의 의사와도 상관없다.

"아이, 왜 그래?" 아율라가 징징댔다. 나는 그녀에게 조용히 하라고 했다. 아버지가 어두운 눈길로 나를 쏘아보았지만 별다른 말은 없었다. 아율라를 보는 손님의 눈빛이 내 안에 숨어있던 본능적인 공포를 깨웠다. 손님의 얼굴은 땀에 젖어 축축했다. 손수건으로 이마를 닦을 때조차 그의 눈은 아율라를 떠나지 않았다. 나는 아버지가 그에게 손님으로서의 위치를 일깨워주기를 기다렸다. 그런데 오히려 아버지는 느긋하게 뒤로 기대고 앉아서 공들여 기른 자신의 수염을 쓰다듬는 것이었다. 아버지가 마치 처음 보는 얼굴이라는 듯 아율라를 바라보았다. 놀랍도록 아름다운 아율라의 모습에 대해 단 한 번도 언급하지 않은 남자는 아버지가 유일했다. 그는 우리를 똑같이 대했다. 아율라가 얼마나 매력적인지를 그가 알고 있다는 느낌조차 나는 받은 적이 없었다.

아버지의 눈길을 의식하고 아율라가 자세를 바꾸었다. 그는 우리를 가까이서 본 적이 거의 없었다. 혹시라도 그럴 때면, 언제나 끝이 좋지 않았다. 아율라는 더 이상 내게서 벗어나려고 애쓰지 않았고 내가 끄는 대로 옆에 와서 섰다. 아버지는 다시 족장에게로 시선을 옮겼다. 그의 눈동자가 번들거렸다.

"얘들아, 이제 그만 가봐."

기다리던 말이다. 우리는 서둘러 1층 거실을 나와 문을 닫았다. 아율라는 이미 계단을 뛰어올라가기 시작했지만, 나는 거실 문에 귀를 대고 있었다.

"뭐 하는 거야? 아버지가 우릴 보면⋯."

"쉿." 몇 마디 단어가 문을 넘어 들려왔다. '계약' '거래' '소녀' 같은 말들이. 두꺼운 오크로 만든 문이었기 때문에, 그 이상은 들리지 않았다. 나는 계단에서 기다리던 아율라와 함께 내 방으로 들어갔다.

발코니로 나가니 해가 지고 있었다. 남자가 메르세데스의 뒷좌석에 올라 마당을 빠져나가는 모습을 함께 지켜보았다. 목구멍에 걸려있던 공포가 사라지고, 그 후로 오랫동안, 나는 족장에 얽힌 그날의 사건을 잊고 있었다.

가족

무흐타르와 이야기를 나누고 있다. 단조로운 병원 음식과 조악한 침대보에 대해, 그리고 그가 가르치던 학생들에 대한 허풍까지.

노크 소리가 들리고 모하메드가 방으로 들어오는 바람에 이야기가 중단된다. 그가 나에게 웅얼대며 인사를 하더니, 무흐타르를 보고는 환하게 웃으며 서부 아프리카 하우사어로 인사를 건넨다. 무흐타르가 아주 기분 좋게 인사에 답한다. 두 사람이 서로 알고 지낸다는 걸 나는 몰랐다. 게다가, 자신을 놓고 서로 싸우는 청소부 말고는, 다른 사람에게 그렇게 거리낌 없이 웃는 모하메드의 모습을 본 적이 없다. 그들이 하우사어로 쉴 새 없이 떠들어대는 통에 나는 낄 자리를 찾지 못하고 밀려난 채 5분 정도 기다리다가 그만 나가야겠다고 마음먹는다. 그런데 말 꺼내기도 전에, 누군가 또 문을 두드린다.

무흐타르의 아들이 어려보이는 여자를 데리고 들어온다. 나는 무흐타르의 자녀들 이름은 모른다. 별로 중요하게 생각하지 않았다. 하지만 지금 들어온 아들이 장남이라는 건 안다. 그는 동생보다 키가 크고 턱수염을 풍성하게 기르고 있다. 그리고 아버지처럼 말랐다. 아버지와 아들이 모두 말라서 마치 바람에 흔들리는 갈대처럼 보인다. 아들이 나를 본다. 아마, 아버지의 침대 옆에 제집인 양 편안하게 앉아서 빈 컵 가장자리를 손가락으로 문지르고 있는 간호사가 이상했을 것이다.

모하메드가 쓰레기통을 비우고는 슬며시 밖으로 나간다. 나도 일어선다.

"잘 주무셨어요, 아빠?"

"그래… 코레드, 나가려고요?"

"손님이 오셨잖아요." 나는 아들을 향해 고개를 까딱한다.

무흐타르가 코웃음을 치면서 손을 젓는다. "사니, 이쪽은 코레드라고, 내가 꿈속에서 듣던 목소리의 주인공이야. 여기 함께 있어도 괜찮겠지?"

아들은 불쾌한 듯 얼굴을 찡그린다. 자세히 보니, 그는 생각보다 아버지를 닮지 않았다. 눈이 작고 미간이 넓어서, 놀란 사람처럼 보인다. 그가 딱딱하게 고개를 끄덕이고, 나는 다시 의자에 앉는다.

"아빠, 미리엄 소개할게요. 제가 결혼하고 싶은 여자예요." 그가 자신의 의사를 전한다. 미리엄이 자기 시아버지가 되었으면 싶은 남자에게 존경의 표시로 무릎을 꿇는다.

무흐타르가 눈살을 찌푸린다. "지난번에 보여줬던 사람은 어떻게 된 거냐?"

그의 아들이 한숨을 쉰다. 아주 길고 극적인 한숨이다. "잘 안 됐어요, 아빠. 그게 언제 적 일인데요…."

'아까 여길 나갔어야 했다.'

"무슨 말인지 모르겠구나. 그 부모들도 내가 이미 만나지 않았니?"

미리엄은 오른손으로 왼손을 감싸 쥔 채 여전히 무릎을 꿇고 있다. 두 남자는 그녀가 아직 여기 있다는 사실을 잊은 것 같다. 다른 여자 얘기를 이미 알고 있는 건지, 그녀의 표정에는 아무 변화가 없다. 그녀가 눈을 들어 나를 본다. 텅 빈 눈이다. 그녀를 보니 간호사 분미가 떠오른다. 둥근 얼굴에 육감적인 몸매와 부드러운 살결. 피부색은 나보다도 검다. 우리 인종의 표식인 블랙에 가깝다. 그녀의 나이가 궁금하다.

"제 마음이 변했어요, 아빠."

"들인 돈은 다 어떡하고?"

"돈이 대순가요. 제 행복이 더 중요하지 않아요?"

"내가 아파서 누워있는 동안 이런 미친 짓이 하고 싶었던 거야?"

"아빠, 결혼준비를 시작하고 싶어요, 아빠가 좀…."

"나한테서 한 푼이라도 받을 수 있을 거라고 생각한다면, 너는 생각보다 훨씬 멍청한 거야. 미리엄, 이름이 미리엄이라고 했지? 일어나거라. 미안하지만, 나는 이 결혼을 허락할 수 없다." 미리엄이 비틀거리며 일어나더니 아들 사니 옆에 가서 선다.

이런 예기치 않은 상황이 벌어진 데에는 내 책임도 있다는 듯이, 사니가 나를 노려본다. 나는 무심한 표정으로 맞선다. 사니 같은 남자는 절대 나를 화나게 할 수 없다. 하지만 무흐타르가 우리의 시선을 눈치 챘다.

"나를 봐, 사니, 코레드가 아니라."

"도대체 저 여자가 여기 있는 이유가 뭐예요? 이건 가족 문제라구요!"

사실은, 나도 똑같은 질문을 스스로에게 하고 있었다. 무흐타르는 왜 내가 여기에 있기를 원하는가? 사니와 나는 그의 대답을 기다린다. 하지만 금방 대답할 것 같지 않다.

"이 문제에 관해 내가 할 얘기는 다 했다."

사니가 미리엄의 손을 붙잡더니 몸을 휙 돌려서 방을 나간다. 무흐타르는 눈을 감는다.

"왜 내가 여기 남아있기를 원했어요?" 내가 묻는다.

"당신의 강인함에 기대고 싶어서요."

양

잠이 안 와 한참을 뒤척이다 지친 나는 아율라의 방에 건너가기로 마음먹는다. 어렸을 때는 자주 같이 자곤 했다. 그러면 늘 마음이 진정되는 것이 있었다. 함께 있으면, 우린 안전했다.

그녀는 긴 면 티셔츠를 입고 갈색 테디 베어를 껴안고 있다. 무릎을 배까지 끌어당기고 누워서, 침대 옆자리에 내가 들어가도 미동도 하지 않는다. 놀랍지 않다. 아율라는 자는 것도 지겨울 정도가 돼야만 깨니까. 그녀는 꿈도 꾸지 않고, 코도 골지 않는다. 그야말로 무흐타르 저리 가라 할 정도로 깊은 혼수상태로 빠져드는 것이다.

그녀의 이런 점이 부럽다. 나는 몸이 탈진해도 정신은 깨어있다. 기억을 더듬어보고 계획을 짜고 예측을 하면서. 그녀의 행동 때문에 그녀보다 내가 더 걱정이 많다. 비록 처벌은 면했을지 몰라도, 우리 손은 여전히 피로 물들어있다. 페미의 시신이 물고기 밥이 되고 있을 바로 그 순간에, 우리는 비교적 안락하게 침대에 누워있다. 아율라를 흔들어 깨우고 싶지만, 그런다고 무슨 도움이 되겠는가? 깨워봤자, 다 괜찮을 거라고 말하고 곧 바로 다시 잠들 것이 뻔한데.

그 대신 나는 숫자를 센다. 양, 오리, 닭, 소, 염소, 들쥐, 그리고 시체. 의식이 까무룩해질 때까지 숫자를 센다.

아버지

아율라에게 손님이 찾아왔다. 여름 방학이었다. 개학하기 전에 아율라를 자신의 여자친구로 만들겠다는 희망을 품고 온 어린 손님이었다. 이름이 올라였던 것 같다. 키가 크고 마른 체격이었다. 모반이 얼굴의 반을 덮고 있었다. 아율라에게서 한시도 눈을 떼지 못하던 것도 기억난다.

아버지는 그를 예의바르게 맞이했다. 음료와 간단한 음식을 대접하고, 달콤하게 비위를 맞추어가며 자기 얘기를 털어놓게 만들었다. 칼을 보여주기까지 했다. 올라에게, 아버지는 너그럽고 정중한 집주인이었다. 엄마와 아율라마저도 아버지의 행동에 속아서 미소를 지었을 정도였다. 하지만 나는 몹시 긴장하여 손톱으로 소파를 후벼 파고 있었다.

올라는, 사귀고자 하는 여자의 아버지 앞에서 대놓고 관심을 표하면 안 된다는 것쯤은 알고 있었다. 하지만 아율라를 바라보는 눈길, 그녀를 향해 기울어진 몸, 그리고 끊임없이 그녀의 이름을 입에 올리는 것을 보면 알 수 있다.

"아주 말솜씨가 좋은 청년이로군!" 노숙자가 일자리를 구하도록 돕는 일에 대해 올라가 좋은 뜻으로 한마디 보태자, 아버지는 싱긋이 웃으며 단언했다. "여자들한테 아주 인기가 좋겠어."

"네, 선생님. 아닙니다, 선생님." 허를 찔린 그가 말을 더듬었다.

"자네 내 딸들을 좋아하는군, 응? 애들이 아주 사랑스럽지?" 올라가 얼굴을 붉혔다. 그의 시선은 다시 아율라를 향했다. 아버지가 이를 악물었다. 나는 주위를 둘러보았다. 하지만 나 말고 두 여자는 아직 눈치도 못 채고 있었다. 우리만의 비밀 신호를 아율라에게 미리 일러둘 걸, 싶었다. 나는 마른기침을 했다.

"저런, 애." 엄마가 달래는 목소리로 내게 말했다. "가서 물 좀 마시지 그러니."

나는 한 번 더 기침을 했다. 아무 반응이 없다.

'아율라, 따라와.' 내가 눈을 크게 뜨고 입 모양으로만 말했다.

"아니, 싫어."

"어서 따라와." 가성을 써서 다시 말했다. 그녀가 팔짱을 끼더니 올라를 돌아보았다. 그녀는 그의 관심을 즐기느라 나에게 신경 쓸 여력이 없었다. 아버지가 내 쪽으로 고개를 돌리고 미소 지었다. 그리고는 지팡이로 시선을 옮겼다. 나는 그의 시선을 좇았다.

TV 위 한 뼘 남짓한 높이에 특별히 공들여 제작한 선반을 걸어놓았다. 그 선반에 지팡이가 놓여있다. 언제나 어김없이 그

자리를 지키면서 끊임없이 나의 신경을 잡아끌었다. 아무것도 모르는 사람이라면 그 지팡이를 공예품으로 여기고, 역사와 문화 앞에 머리를 숙일 것이다. 지팡이는 굵고 매끈했으며, 복잡한 무늬가 새겨져 있었다.

시간이 느리게 흘렀다. 마침내 아버지가 환담을 끝내고 올라를 문으로 안내했다. 문 앞에서 올라에게 다시 들르라는 인사를 건네고 행운을 빌어주었다. 배웅이 끝나고 아버지는 말없이 거실을 가로질러서 지팡이를 집어 들었다.

"아율라, 이리 와." 그제야 그녀가 고개를 들어 지팡이를 보았다. 온 몸을 떨었다. 엄마도 떨었다. 나도 떨었다. "귀가 먹었어? 오란 말이야!"

"제가 부른 거 아니에요." 뭐가 문제인지 바로 알아챈 그녀가 우는 소리를 했다. "그 친구 제가 초대한 거 아니에요."

"제발요, 어르신, 제발." 낮은 목소리로 내가 말했다. 나는 이미 울고 있었다. "제발."

"아율라!" 그녀가 한 발 앞으로 나섰다. 그녀도 울기 시작했다. "벗어."

그녀가 단추를 하나씩 풀며 옷을 벗었다. 서두르지 않았다. 그녀는 손을 더듬거리며 울었다. 하지만 그는 참을성 있게 기다렸다.

"오 하나님, 여보 케힌데, 제발. 오 하나님." 엄마가 빌었다. 아율라의 옷이 발치로 흘러내렸다. 그녀는 하얀색 스포츠 브라와 하얀색 팬티를 입고 있었다. 나이는 내가 많았지만, 나는 아직 브라를 입지 않았다. 엄마는 아버지의 셔츠를 붙잡고 매달렸다. 아버지가 뿌리쳤다. 엄마는 절대 아버지를 막을 수 없다.

내가 대담하게 나서서 아율라의 손을 잡았다. 경험을 통해 나는 안다. 일단 사정거리 안에 들어오면, 지팡이는 희생자와 구경꾼을 구별하지 않고 닥치는 대로 내리친다. 하지만 아율라 혼자 힘으로는 이 상황에서 살아남을 것 같지 않았다.

"그래, 이 남자 저 남자랑 자고 다니라고 내가 너를 학교에 보낸다, 이거냐?"

지팡이가 몸에 닿기 전에 먼저 들리는 소리가 있다. 채찍처럼 공기를 가르는 소리. 그녀가 비명을 지르고, 나는 눈을 감았다.

"창녀를 만들려고 내가 너한테 그렇게 돈을 들이는 거냐고?! 대답해, 그러냐고!"

"아니에요, 어르신." 우리는 그를 아버지라고 부르지 않았다. 한 번도 그렇게 부른 적이 없다. 그는 최소한 '아버지'라는 말에 담긴 그런 의미의 아버지는 아니었다. 누가 그를 아버지로 여길 수 있겠는가. 우리 집에서 그는 법이었다.

"네가 아주 대단한 사람이라고 생각하는 모양인데, 그렇지? 진짜 대단한 사람이 누군지 내가 가르쳐 주마!" 그가 다시 그녀를 쳤다. 이번에는, 나도 지팡이에 긁혔다. 나는 숨을 들이켰다.

"그놈이 너를 좋아하는 줄 알아? 그저 네 두 다리 사이에 있는 그걸 원하는 것뿐이야. 욕심을 채우고 나면 다음 상대를 찾아 떠나겠지."

고통은 감각을 날카롭게 만든다. 그의 거친 숨소리가 아직 내 귀에 들리는 것 같다. 그는 건강한 사람이 아니었다. 매를 치다가도 금방 지쳤다. 하지만 그에게는 강한 의지가 있었고, 규율을 세워야 한다는 한층 강력한 열망이 있었다. 우리가 느낀 공포의 냄새를 나는 지금도 기억한다. 구토 냄새보다 더 역겨운 금속성의 신맛.

그는 자신의 무기를 휘두르면서 연설을 이어갔다. 아율라의 밝은 색 피부가 붉게 변해가는 것이 보였다. 목표물이 내가 아니었기 때문에, 지팡이는 가끔씩 내 어깨나 귀, 아니면 얼굴 옆을 스치고 지나갔다. 그럼에도 불구하고 고통을 참기 힘들었다. 내 손을 잡고 있는 아율라의 손이 풀리는 것이 느껴졌다. 울음소리는 가녀린 훌쩍임으로 변해버렸다. 뭔가 조치를 취해야 했다.

"더 때리시면, 아율라한테 상처가 남을 거고, 그러면 사람들이 이유를 알고 싶어 할 거예요!"

그의 손이 멈칫했다. 그가 신경 쓰는 유일한 한 가지는, 자신의 평판이었다. 그는 어떻게 할까 잠시 망설이는 것 같았다. 그러더니 곧 이마의 땀을 닦고 지팡이를 원래의 자리에 올려놓았다. 아율라는 내 곁에서 쓰러졌다.

얼마 후, 학교에 다시 갔을 때, 올라가 쉬는 시간에 내게 와서 아버지에 대한 자신의 의견을 피력했다.

"네 아버지 정말 멋져. 우리 아빠도 그런 사람이면 좋겠어."

아율라는 다시는 올라와 말을 섞지 않았다.

아내

"여기 있는 신발이 마음에 들지 않으면, 창고에 더 있어. 사진을 보내줄 수도 있어." 분미와 나는 치치가 간호사실 뒤에 쌓아둔 신발더미를 바라본다. 치치의 근무시간이 끝난 지 벌써 30분이 넘었다. 그녀는 옷을 갈아입을 때 직업도 갈아치운 모양이다. 간호사에서 판매원으로 변해 있었다. 허리를 숙인 채 바닥에 쌓인 신발더미를 뒤지면서 우리에게 떠넘길 만한 물건을 고르고 있다. 허리를 너무 깊이 숙인 나머지 바지 위로 엉덩이 골이 드러난다. 나는 눈을 돌린다.

내가 환자의 일정을 잡느라 바쁜 와중에, 그녀가 검은색 펌프스 한 켤레를 코밑으로 들이밀었다. 손을 저으며 피했지만, 와서 자기 물건을 한 번 보라고 고집을 부렸다. 문제는, 그녀가 파는 신발이, 한 달만 신어도 다 헤질 싸구려로 보인다는 점이다. 그녀는 신발을 깨끗이 닦는 수고조차 하지 않았다. 그리고 지금, 이렇게 바닥에다 늘어놓은 것이다. 나는 억지로 웃음을 지어 보인다.

"있지, 아직 월급이 안 들어와서….'

"그리고 난 얼마 전에 새 신발을 사서….'' 분미가 거든다.

치치는 어깨를 쫙 펴더니 가짜보석으로 장식한 하이힐을 우리 눈앞에서 흔들어댄다. "신발은 아무리 많아도 부족해. 아주 좋은 가격으로 주는 거라고.''

20센티가 넘는 웨지 힐 영업을 시작하려는 순간, 잉카가 달려와서 카운터를 손바닥으로 쾅 내리친다. 그녀를 그렇게 좋아하진 않지만, 이렇게 끼어들어 주니 고마울 따름이다.

"혼수상태 환자 병실에서 드라마가 펼쳐지고 있어!''

"드라마라니?'' 신발 따위 잊어버린 치치가 내 어깨에 팔꿈치를 올리고 몸을 기댄다. 나는 그 팔을 치워버리고 싶지만 참는다.

"어, 내 환자를 보러 가고 있었거든. 그런데 그 병실에서 고함소리가 들리는 거야.''

"그가 소리를 질렀다고?'' 내가 그녀에게 묻는다.

"아니야, 아내였어. 걸음을 멈추고… 환자가 괜찮은가 보려는데… 그를 악마라고 부르는 소리가 들리는 거야. 아내 목소리였어. 무덤까지 돈을 가지고 가지는 못할 거라고.''

"이런! 난 인색한 남자는 싫어!'' 치치가 머리 위에서 여러 번 손가락을 튕기면서, 인색한 남자는 근처에 얼씬도 못하게 쫓아버린다. 나는 무흐타르를 변호하고 싶었다, 그렇게 쩨쩨한 사람이 아니라고, 너그럽고 친절한 사람이라고. 하지만, 분미의 흐리멍덩한 눈과 치치의 갈망하는 눈, 그리고 잉카의 검은 눈동자

를 보니, 내 말을 의도적으로 곡해할 것이 분명하다. 나는 차라
리 그 자리를 서둘러 떠난다. 치치가 휘청한다.

"어디 가는데?"

"우리 환자가 친구나 가족한테 괴롭힘을 당하면 안 되죠. 환
자가 입원해있는 동안은 우리가 보호해야잖아?" 내가 그녀의
질문에 답한다.

"그 말, 자동차 범퍼에 붙이고 다녀라." 잉카가 외친다. 나는
못들은 척하면서 한 번에 두 계단씩 올라간다. 3층에는 30개의
병실이 있다. 301호에서 330호까지. 복도에 들어서자마자 고
함소리가 들린다. 아내의 코맹맹이 소리와 함께 남자 목소리도
들린다. 징징대기도 하고 구슬리기도 하는 걸 보니, 무흐타르는
아니다.

내가 문을 두드리자, 목소리가 뚝 그친다.

"들어와요." 무흐타르가 지친 목소리로 대답한다. 문을 열자,
회색의 긴 잘라비아 드레스를 입고 침대 옆에 서있는 그가 보
인다. 침대난간을 붙잡고 있다. 반쯤은 난간에 기대고 서있다는
것을 알 수 있다. 그의 몸이 느끼는 긴장이 얼굴에 그대로 드러
난다. 지난번에 보았을 때보다 늙어 보인다.

그의 아내는 붉은 레이스로 만든 마야피 베일을 두르고 있다.
머리를 덮은 마야피가 오른쪽 어깨까지 드리워져 있다. 옷도 같
은 천으로 맞추어 입었다. 피부에는 윤기가 흐르지만, 사납게
으르렁거리는 얼굴이 야수 같다. 무흐타르의 남동생 압둘이 그
녀 옆에 서서 눈을 아래로 떨구고 있다. 징징대던 목소리의 주

인공인가보다.

"뭐예요?" 아내가 나에게 빽 하고 소리를 지른다.

나는 그녀를 무시한다. "무흐타르?"

"난 괜찮아요." 그가 나를 안심시킨다.

"제가 여기 있기를 원하세요?"

"여기 있기를 원하냐니, 무슨 뜻이야? 아무것도 아닌 간호사 주제에, 여기서 나가!"

손톱으로 칠판을 긁는 듯한 소리로 그녀가 말한다.

"내 말 안 들려?" 그녀가 쇳소리를 낸다.

내가 무흐타르 쪽으로 가자 그가 힘없이 미소 짓는다.

"앉으셔야겠어요." 내가 부드럽게 말을 건넨다. 침대난간을 잡은 손이 풀린다. 나는 그를 도와 가장 가까운 의자에 앉힌다. 무릎에 담요를 올려준다. "저 사람들 여기 있어도 괜찮겠어요?" 내가 귓속말을 한다.

"저 여자가 남편에게 뭐라는 거야?" 아내가 내 뒤에서 식식거린다. "저 여자는 마녀야! 주술을 써서 내 남편이 아무것도 못하게 만든 거야! 남편이 저렇게 정신이 나간 게 다 저 여자 때문이야. 압둘, 어떻게 좀 해봐. 저 여자 내보내라구!" 그녀가 나를 가리킨다. "너를 신고할 거야. 네가 어떤 흑마술을 쓰는지는 모르겠지만…."

무흐타르가 머리를 흔든다. 내게 보내는 신호는 그걸로 충분하다. 나는 똑바로 허리를 세우고 그녀와 맞선다.

"부인, 나가주시죠. 아니면 경비를 불러서 모시게 할까요?"

그녀의 아랫입술이 떨리고 눈가에 경련이 인다.

"감히 누구한테 그런 소리를 하는 거야? 압둘!"

나는 압둘을 돌아본다. 하지만 그는 나와 눈도 마주치지 못한다. 키는 큰 것 같은데, 목이 떨어지도록 고개를 숙이고 있다. 그가 그녀를 진정시켜보려고 팔을 쓰다듬지만, 그녀는 그를 털어내 버린다. 솔직히, 나라도 털어냈을 것이다. 비싼 양복을 입었지만, 볼품이 없다. 어깨가 너무 크고 가슴도 맞지 않는다. 다른 사람 옷을 걸친 것만 같다. 그가 쓰다듬고 있는 여자가 다른 사람의 소유인 것처럼.

나는 그녀를 다시 한 번 본다. 한때는 아름다웠을 얼굴이다. 아마도 무흐타르가 처음 그녀를 봤을 순간에는 그랬을 것이다.

"무례하게 굴려는 게 아니에요." 내가 그녀에게 말한다. "하지만 환자의 안녕이 저한테는 중요합니다. 환자의 안녕을 위협하는 일은 허용할 수 없어요."

"자기가 뭐라도 되는 줄 아나?! 저 사람이 너한테 돈이라도 줄 줄 아는 거야? 아니면, 벌써 돈을 받았나? 무흐타르, 그렇게 고상하고 대단한 척하시더니, 결국은 간호사 꽁무니나 따라다니는군. 이런 사람이었어! 게다가 제대로 된 여자를 고르는 눈도 없어!"

"나가!" 무흐타르의 입에서 떨어진 명령에 모두가 화들짝 놀란다. 그의 목소리에 전에 없던 권위가 느껴진다. 압둘이 고개를 들다가 바로 숙인다. 아내는 우리 두 사람을 노려보고는 그대로 돌아서서 당당한 걸음으로 방을 나간다. 축 처진 압둘이 뒤따라나간다. 나는 의자를 끌어당겨 무흐타르 곁에 앉는다. 그의 눈이 무거워 보인다. 그가 내 손을 토닥인다. "고마워요."

"그들을 몰아낸 건 선생님이에요."

그가 한숨을 쉰다.

"미리엄의 부친이 카노 주지사에 출마하고 싶은가 봐요."

"그래서 부인께서 아드님의 결혼을 허락해달라는 거군요."

"그래요."

"허락하실 건가요?"

"당신이라면 어떻게 하겠어요?" 나는 타데를 떠올린다. 한 손에 반지를 들고, 나를 보면서, 결혼을 축복해달라던 타데.

"두 사람은 서로 사랑하고 있나요?"

"누구?"

"미리엄이랑… 선생님 아들 말이에요."

"사랑이라. 참 신기한 개념이에요." 그가 눈을 감는다.

꿈

타데가 나를 빤히 쳐다본다. 하지만 그의 눈은 텅 비어있다. 얼굴은 붓고 일그러져 있다. 그가 손을 뻗어 나를 만진다. 손이 차다.

"당신이 이렇게 만들었어요."

부서지다

타데의 진료실로 살며시 들어가 반지상자를 찾으려고 책상 서랍을 뒤진다. 타데는 환자를 데리고 영상의학과로 갔으니 방에 아무도 없다는 걸 나는 알고 있었다. 반지는 기억 그대로 매혹적이었다. 손가락에 끼어보고 싶은 유혹을 느낀다. 하지만 나는 반지를 단단히 잡고 바닥에 무릎을 꿇는다. 타일바닥에 다이아몬드를 내리친다. 있는 힘을 다해 다시 한 번 내리친다. 다이아몬드는 영원하다는 말은 진실이다. 아무리 부수려고 해도 소용이 없다. 하지만 다이아몬드를 제외한 부분은 그렇게 단단하지 않다. 곧 반지의 세팅이 바닥에 부서졌다. 세팅이 벗겨진 다이아몬드는 작고 초라해 보인다.

반지를 망가뜨리기만 하고 그대로 두면, 타데가 나를 의심할 거라는 생각이 든다. 다이아몬드를 주머니에 챙겨 넣는다. 어쨌든, 제대로 된 도둑이라면 다이아몬드를 두고 그냥 갈 리 없지. 게다가, 타데가 다시 세팅만 주문하면 다 해결되는데, 그러면 이 모든 일이 엄청난 시간낭비가 될 뿐이다. 나는 약장으로 간다.

20분 후, 타데가 접수창구로 달려온다. 나는 숨을 멈춘다. 그가 나를 잠깐 보더니 얼른 잉카와 분미 쪽으로 눈길을 돌린다.

"누군가 내 사무실을 마구 뒤져서 반… 물건들을 망가뜨려 놓았어요."

"뭐라구요?!" 우리가 한 목소리로 외친다.

"그럴 리가요." 타데의 찌푸린 이마를 보면 무언가 잘못된 게 확실한데도, 잉카는 그렇게 덧붙인다.

다 같이 그를 따라 진료실로 간다. 그가 문을 활짝 연다. 나는 제 3자의 눈으로 그 장면을 보려고 노력한다. 누군가 어떤 물건을 찾으려다가 자제심을 잃어버린 것처럼 보인다. 서랍은 모두 열려서 내용물이 바닥에 흩어져있다. 살짝 열린 약장에는 약병이 무질서하게 놓여있다. 책상에는 파일이 마구 흩어져있다. 내가 방을 나올 때는 다이아몬드를 뺀 반지 잔해물이 바닥에 있었는데, 지금은 보이지 않는다.

"끔찍하네요." 내가 중얼거린다.

"누가 이런 짓을 했을까요?" 분미가 인상을 쓰면서 묻는다.

잉카는 입을 꼭 다물고 손바닥을 탁 친다. "아까 모하메드가 청소하러 들어가는 걸 봤어요." 그녀의 폭로를 듣고 나는 욱신거리는 손바닥을 허벅지에 대고 문지른다.

"모하메드가 그랬을 거라고는…." 타데가 입을 연다.

"사무실을 나설 때는, 평소와 다름없었겠죠, 그렇죠?" 잉카가 끼어든다.

"네."

"그리고 환자를 데리고 엑스레이랑 심전도를 찍으러 가신 거구요. 얼마나 오래 사무실을 비우신 거예요?"

"40분 정도."

"흠, 그 시간에 모하메드가 선생님 사무실로 들어가는 걸 분명히 봤어요. 바닥을 닦고 쓰레기통을 비우는 데 20분 정도 걸렸다고 해봐요. 그러면, 다른 사람이 들어가서 이렇게 엉망으로 만들고 나갈 만한 시간이 남질 않아요." 아마추어 형사 노릇을 하며 잉카가 결론을 내린다.

"모하메드가 왜 이런 짓을 할 거라고 생각해?" 내가 묻는다. 아무 동기도 제시하지 않고 그를 교수대에 매달 수는 없지 않은가? 그녀에게 그럴 권리는 없다.

"약 때문이지, 분명해." 그녀가 단언한다. 그녀는 팔짱을 낀 채, 자신의 주장에 스스로 만족감을 드러낸다. 모하메드를 범인으로 지목하는 건 쉬운 일이다. 그는 가난하고, 교육도 제대로 받지 못했다. 그는 청소부다.

"아니에요." 분미가 이의를 제기한다. "그건 말이 안 돼." 그녀가 잉카를 쳐다보다가 그 옆에 서있는 나도 쳐다본다. 혹시 뭔가를 의심하는 건가?

"그 사람은 여러분보다 더 오래 여기서 일했지만, 문제를 일으킨 적은 한 번도 없어요. 이런 짓을 할 사람이 아니야." 분미가 그렇게 열정적으로, 길게, 말하는 건 처음 본다. 모두들 그녀를 빤히 쳐다본다.

"약물 중독자는 중독 사실을 오랫동안 숨길 수 있어." 마침내

221

잉카가 반박한다. "아마도 금단증상 같은 걸 겪고 있었을지도 모르지. 그런 사람들은 약이 필요해지면… 들키지 않고 그동안 약을 훔쳐왔을지 누가 알겠어?"

잉카가 자신의 결론에 만족해할 때, 타데는 깊은 생각에 잠긴다. 분미는 자리를 뜬다. 나는 옳은 일을 한 거야… 그렇지? 타데에게 찬찬히 생각할 시간을 벌어준 거야. 청소를 해주고 싶지만, 지금은 거리를 두어야 할 때다.

모하메드는 맹렬하게 혐의를 부인했지만, 어쨌든 해고되고 말았다. 타데가 이런 결정을 편하게 받아들일 리 없다는 걸 안다. 하지만 증거가, 혹은 증거부족이라는 상황이 모하메드에게 유리하지 않았다. 타데가 부서진 반지에 대해 나에게 말하지 않는 것이 마음에 걸린다. 실제로, 그는 나를 한 번도 찾지 않았다.

"선생님." 며칠 후 내가 그의 사무실 문간에 서서 말한다.

"무슨 일이죠?" 그는 나를 보지 않고 파일 작성을 계속한다.

"저… 이제 괜찮아지셨나 해서요."

"네, 다 잘됐어요."

"다른 사람 있는 데서 묻고 싶지 않았어요…. 반지를 도둑맞은 건 아니길…."

그가 쓰기를 멈추고 펜을 내려놓는다. 처음으로 나를 쳐다본다. "사실은, 코레드, 도둑맞았어요."

놀란 척하면서 위로의 말을 하려는데, 그가 말을 잇는다.

"그런데 재밌는 사실은, 디아제팜 두 병은 약장에 그대로 있다는 거죠. 약이 온통 어지럽게 흩어져 있긴 했지만, 실제로 가져간 건 오로지 반지뿐이었어요. 약물 중독자라기엔 이상한 행동이죠."

그가 내게서 눈을 떼지 않는다. 나는 눈을 깜빡이지도 않고 시선을 피하지도 않는다. 눈이 말라가는 게 느껴진다. "아주 이상하네요." 나는 겨우 말한다.

우리는 한참을 더 그렇게 서로를 쳐다본다. 그러다가 그가 한숨을 쉬면서 얼굴을 문지른다. "그래요." 그가 거의 혼잣말처럼 말한다. "그래요. 다른 용무가 있나요?"

"아니… 아니요. 전혀요."

그날 밤 나는 다이아몬드를 제3메인랜드 다리 아래 석호에 떨어뜨렸다.

전화

골치 아픈 생각을 잊어버리려면 TV 드라마를 몰아서 보는 게
가장 좋은 방법이라는 걸 깨달았다. 시간은 흐르고, 나는 침대
에 누워서 입 안 가득 땅콩을 털어 넣고 노트북 화면만 쳐다본
다. 그러다가 화면 가까이 몸을 기울이고 페미의 블로그 주소를
입력한다. 그런데 페이지를 찾을 수 없다는 메시지가 뜬다. 블
로그를 내린 것이다. 그는 이제 온라인 세상에 더 이상 존재하
지 않는다. 따라서 내게도 더 이상은 존재할 수 없게 되었다. 그
는 이제 내 손이 닿지 않는 죽음의 세계에 있다. 살아 있을 때도
내 손이 닿지 않기는 마찬가지였지만.

전화기가 진동한다. 무시해버릴까 하다가 손을 뻗어 전화기
를 끌어당긴다.

아율라다.

심장이 덜컹한다.

"여보세요?"

"언니."

두 번째 남자: 피터

"언니, 그가 죽었어."

"뭐?"

"그가…."

"도대체 뭐야? 뭐라는 거야? 그가… 너… 너…."

그녀는 울음을 터뜨린다.

"제발. 제발. 도와줘."

수술실

타데의 집에 들어가는 건 처음이다. 이런 순간을 여러 가지로 머릿속에 그려봤지만, 이런 식은 아니었다. 나는 주먹으로 문을 두드리고 또 두드린다. 누가 듣든, 누가 보든, 상관없다. 문이 제때 열리기만 한다면. 딸깍, 하는 소리가 나서 나는 한 걸음 물러선다. 타데가 거기 서있다. 에어컨의 찬바람이 나한테까지 끼쳐오는데도, 땀이 그의 얼굴과 목을 타고 흐른다. 나는 그를 밀치고 들어가서 주변을 둘러본다. 거실, 부엌, 계단을 살핀다. 아율라가 보이지 않는다.

"얘는 어디 있어요?"

"위층에요." 그가 조그맣게 말한다. 나는 아율라를 부르면서 계단을 뛰어올라간다. 대답이 없다. 죽었을 리가 없어. 그럴 리가 없어. 그녀 없는 삶은… 만약 그녀가 죽는다면, 그건 해서는 안 될 말을 해버린 내 잘못이다. 이렇게 될 수밖에 없다는 걸 나는 알고 있었다. 저 남자를 구하려고, 그녀를 희생시킨 것이다.

"왼쪽으로 가요." 바로 뒤에서 그가 말한다. 나는 문을 연다.

226

손이 떨린다. 그의 침실이다. 킹사이즈 침대가 방의 3분의 1을 차지하고 있다. 그런데 침대 반대편에서 신음소리가 작게 들린다. 서둘러 그녀에게 달려간다.

잠깐 동안 나는 너무 두려운 나머지 어찌할 바를 모른다. 그녀는 손으로 옆구리를 누른 채 페미와 비슷한 자세로 바닥에 쓰러져있다. 손가락 사이로 피가 흐른다. 칼, 그녀의 칼이 아직 그녀의 몸에 박혀있다. 그녀가 나를 보고 희미하게 미소 짓는다.

"아이러니지." 그녀가 말한다. 나는 서둘러 그녀 옆으로 간다.

"그녀가… 그녀가… 나를 죽이려고 했어요."

나는 그를 무시하고 들고 온 구급상자에서 가위를 꺼내 내 셔츠 아랫단을 잘라낸다. 붕대만으로는 어림도 없었기 때문이다. 구급차부터 부르고 싶었지만, 내가 도착해 상황을 파악하기 전에 타데가 다른 사람과 얘기하는 건 안 될 일이었다.

"나는 칼을 꺼내지 않았어." 그녀가 나에게 말한다.

"그래 잘했어."

나는 재킷을 벗어서 베개를 만들고 그 위에 그녀를 눕힌다. 그녀가 다시 신음한다. 누가 내 가슴을 쥐어짜는 것 같다. 나는 구급상자에서 의료용 장갑을 꺼내서 낀다.

"그녀를 해칠 생각은 없었어요."

"아율라, 무슨 일이 있었는지 말해봐." 사실 나는 무슨 일이 있었는지 알고 싶지 않다. 하지만 그녀가 계속 말을 하게 만들어야 한다.

"그… 그가… 나를 때렸어…." 내가 그녀의 옷을 자르는 동안 그녀가 말한다.

"나는 때리지 않았어!" 타데가 외친다. 그는 아율라의 피해 주장에 대해 스스로를 변호할 수 있는 첫 번째 남자다.

"… 그래서 내가 그를 멈추려고 하는데 나를 찔렀어."

"그녀가 칼을 들고 나한테 덤볐다구! 느닷없이! 제길!"

"닥쳐요!" 내가 말한다. "여기 누워서 피 흘리는 사람이 당신은 아니잖아요, 안 그래요?"

나는 칼을 그대로 둔 채 그녀의 상처에 붕대를 감는다. 칼을 빼다가 동맥이나 다른 장기를 건드릴 수도 있다. 나는 전화기를 집어 들고 병원의 접수창구로 전화를 건다. 치치가 전화를 받는다. 나는 속으로 신께 감사드린다. 잉카가 이번 주에 밤 근무가 아닌 게 얼마나 다행인지. 칼에 찔린 동생을 데리고 갈 거라고 설명하고 아키베 박사님을 불러달라고 부탁한다.

"내가 안아서 옮길게요." 타데가 말한다. 그가 아율라에게 손대는 게 싫지만, 그의 힘이 필요하다.

"좋아요."

그가 그녀를 안아 올려서 계단을 지나 진입로로 데려간다. 그녀는 머리를 그의 가슴에 기대고 있다. 마치 여전히 서로 사랑하는 연인처럼. 아마도 그녀는 이곳에서 벌어진 일의 심각성을 아직 이해하지 못하는 것 같다.

내 차의 뒷문을 열자 그가 그녀를 뒷좌석에 누인다. 나는 운전석으로 뛰어오른다. 그가 자기 차로 우리를 따라오겠다고 한다. 지금은 그를 막을 도리가 없기에, 나는 고개를 끄덕인다. 새벽

4시여서 차가 드물고 경찰도 보이지 않는다. 나는 일방통행로를 시속 130킬로미터로 달린다. 20분도 안돼 병원에 도착한다.

치치가 외상 팀과 함께 입구에서 우리를 맞는다.

"무슨 일이야?" 치치가 묻는다. 두 명의 포터가 동생을 들것에 옮겨 싣는다. 동생은 이제 의식이 없다.

"무슨 일이냐니까?" 치치가 끈질기게 묻는다.

"칼에 찔렸어."

"누가 그랬는데?"

복도를 지나가고 있을 때 아키베 박사가 모습을 보인다. 그는 아율라의 맥박을 확인하고 간호사들에게 큰 소리로 지시사항을 외친다. 동생은 들것에 실려 수술실로 향하는데, 그가 나를 복도 옆에 있는 방으로 이끈다.

"저도 같이 들어가면 안 되나요?"

"코레드, 밖에서 기다리도록 해요."

"하지만….”

"규칙을 알잖아. 지금까지 당신이 할 수 있는 일은 다했어. 이제 나한테 맡겼으니, 나를 믿어요."

그는 급히 방을 나가 수술실로 향한다. 내가 복도로 나서는데, 타데가 숨이 턱에 차서 달려온다.

"수술실에 들어갔어요?"

나는 대답하지 않는다. 그가 나를 잡으려고 손을 뻗는다. "치워요." 그는 손을 떨군다.

"내가 찌르려던 게 아니란 거 알죠? 칼 때문에 둘이 실랑이를 벌이다가, 내가⋯." 나는 돌아서서 정수기 쪽으로 간다. 그가 따라온다. "당신 입으로도 말했잖아요, 그녀는 위험한 사람이라고." 나는 입을 열지 않는다. 더 할 말이 없다.

"이 일에 대해 얘기한 사람 있어요?" 그가 조용한 목소리로 묻는다.

"아니요." 나는 컵에 물을 받으면서 말한다. 내 손이 전혀 떨리지 않는 것이 놀랍다. "당신도 이 일에 대해선 입 다물어요."

"뭐라구요?"

"당신이 이 일에 대해 한마디라도 발설하면, 나는 사람들에게 당신이 그녀를 공격했다고 말할 거예요. 사람들이 누구 말을 믿을까요? 당신 아니면 아율라?"

"내가 결백하다는 걸 당신은 알잖아요. 나는, 나를 보호하려고 했을 뿐이라는 걸 알잖아요."

"당신 집에 들어가 보니 동생 옆구리에 칼이 박혀 있었어요. 내가 아는 건 그게 다예요."

"그녀가 나를 죽이려고 했어요! 당신이 어떻게⋯." 그가 깜짝 놀란 눈으로 나를 본다. 마치 나를 처음 보는 것처럼.

"그녀보다 당신이 더 나쁜 사람이군요."

"뭐라고요?"

"그녀는 뭔가 문제가 있는 사람이라고 쳐요. 하지만 당신은? 당신은 뭣 때문에 이러는 거죠?" 그가 넌더리를 치며 내게서 멀어져간다.

나는 수술실 복도에 앉아서 결과를 기다린다.

상처

아키베 박사가 수술실을 나와서 나를 보고 미소 짓는다. 나는 긴 숨을 토해낸다.

"동생을 볼 수 있나요?"

"잠들었어요. 위층에 있는 병실로 옮길 겁니다. 좀 안정이 되면 보도록 하세요."

아율라에게 315호실이 배정됐다. 무흐타르의 방에서 두 병실 떨어진 곳이다. 무흐타르는 내 동생을 만난 적은 없어도, 의도치 않게 많은 것을 알고 있다.

그녀는 순진하고 연약해 보인다. 누군가 그녀의 땋은 머리를 옆으로 얌전히 넘겨놓았다. 그녀의 가슴이 가볍게 들썩인다.

"누가 이런 짓을 했대?" 잉카의 목소리다. 그녀는 화가 난 것 같다.

"그래도 이만하길 다행이야."

"이런 짓을 한 사람은 죽여야 돼!" 분노와 경멸이 한데 섞이며 그녀의 얼굴이 일그러진다. "네가 없었더라면, 죽었을지도 모르잖아!"

"난… 난…."

"아율라!" 혼비백산한 엄마가 뛰어 들어온다. "내 새끼!" 그녀는 침대 위로 몸을 숙이고 아직 의식이 돌아오지 않은 딸의 입에 자신의 뺨을 대본다. 숨을 쉬고 있는지 확인하려는 것이다. 아율라가 아기였을 때 가끔 하던 행동이다. 엄마가 허리를 세우더니 울기 시작한다. 엄마가 비틀거리며 내게 쓰러지고 나는 엄마를 안는다. 잉카가 자리를 피해준다.

"코레드, 어떻게 된 거니? 누가 이런 짓을 한 거야?"

"아율라가 내게 전화를 했어요. 내가 데리러 갔죠. 칼에 찔려 있었어요."

"어디로 데리러 갔는데?"

아율라의 신음소리를 듣고 엄마와 내가 돌아본다. 하지만 그녀는 아직 잠에서 깨지 않았고, 금세 다시 호흡이 잦아든다.

"아율라가 깨어나면, 무슨 일이 있었는지 다 들을 수 있을 거예요."

"얘를 어디서 찾았니? 왜 나한테 말을 안 해 주는 거니?"

타데는 뭘 하고 있을까, 무슨 생각을 하면서 다음 행동을 계획하고 있을까, 궁금하다. 나는 아율라가 빨리 깨어나길 바란다. 그래서 앞으로 우리가 해야 할 얘기에 대해 합의할 수 있기를 바란다. 어떤 얘기라도 좋다, 진실만 빼고.

"타데 집에 있었어요…. 저 상태로 있는 걸 타데가 발견한 거 같아요."

"타데라고? 강도가 들었니? 설마… 설마 타데가 그랬을 리가?"

"모르겠어요, 엄마." 나는 갑자기 피곤한 기분이 든다. "아율라가 깨면 물어보기로 해요."

엄마는 얼굴을 찌푸리고 말이 없다. 지금 우리가 할 수 있는 건 기다리는 일뿐이다.

선택

병실은 깔끔하다. 지난 30분 동안 내가 물건을 제자리에 정돈한 덕분이다. 집에서 가져온 테디 베어는 침대발치에 색깔별로 진열했다. 노란색, 갈색, 검은색. 아욜라의 전화기는 완전히 충전을 마치고, 충전기는 잘 감아서 그녀의 가방에 넣어두었다. 내 마음대로 가방 속까지 다시 정리했다. 다 쓴 휴지, 영수증, 과자 부스러기, 두바이에서 사온 수첩, 빨아먹다가 다시 싸놓은 사탕들로 가방 안은 엉망진창이었다. 나는 펜을 꺼내 버린 물건의 목록을 만든다. 그녀가 물어볼지도 모르니까.

"언니?"

나는 하던 일을 멈추고 아욜라를 본다. 반짝이는 커다란 두 눈이 나를 보고 있다.

"아… 깼구나. 기분이 어때?"

"끔찍해."

나는 일어나서 물을 가져다준다. 그녀의 입술에 컵을 대고, 물 마시는 걸 도와준다.

"좀 나아?"

"조금… 엄마는 어디 계셔?"

"샤워하러 집에 가셨어. 금방 오실 거야."

아율라가 고개를 끄덕이더니 눈을 감는다. 금방 다시 잠이 든다.

다시 깨어났을 때는 좀 더 정신을 차린 듯 보인다. 주위를 둘러보면서 하나하나 눈여겨본다. 병원에 입원한 것이 처음일 것이다. 그녀는 일반적인 감기 말고는 크게 아픈 적이 없다. 그리고 가깝던 사람들은 모두 병원에 가기도 전에 죽어버렸다.

"지루한 곳이네…."

"사람을 불러서 벽에 그래피티라도 해달라고 할까, 멋지게?"

"아니, 그래피티 말고… 예술작품으로." 내가 웃자 그녀도 따라 웃는다. 노크소리가 들린다. 대답하기도 전에 문이 열린다.

경찰이다. 페미 건으로 우리를 조사하던 경찰이 아니라 다른 팀이다. 한 명은 여자다. 곧장 아율라에게 가려는 그들을 내가 가로막는다.

"실례지만, 무슨 일인지 저한테 얘기해주시겠어요?"

"저분이 칼에 찔렸다고 들었습니다."

"그런데요?"

"몇 가지만 물어보면 됩니다. 범인을 찾아야죠." 가로막고 서 있는 내 어깨 너머로 아율라를 보면서 여자 경찰이 대답한다.

"타데가 그랬어요." 아율라가 말한다. 그렇게 쉽게 '타데가 그랬어요.' 그녀는 머뭇거리지도, 주저하지도 않는다. 그들이 날씨

235

가 어땠냐고 묻는다 해도 저렇게 편안하게 대답하지는 못했을
거다. 발밑이 꺼지는 느낌이 들어 나는 의자를 붙들고 앉는다.

"그런데 그 타데라는 사람이 누굽니까?"

"여기 근무하는 의사예요." 허공에서 갑자기 튀어나온 것처
럼 등장한 엄마가 대답을 잇는다. 엄마는 이상하다는 눈길로 나
를 본다. 아마도 내가 왜 금방이라도 토할 사람처럼 보이는지
궁금할 것이다. 아율라가 처음 깨어났을 때 미리 얘기를 나눴어
야 했는데.

"무슨 일이 있었는지 말해주시죠."

"그가 저에게 청혼을 했고, 제가 관심 없다고 하자 그만 이성
을 잃었어요. 저를 공격했어요."

"언니는 어떻게 그 집에 가게 된 거죠?"

"그가 방에서 나갔을 때 제가 전화를 했어요." 그들이 나를
흘긋 돌아보지만, 질문은 하지 않는다. 다행이다. 나는 조리 있
게 대답할 자신이 없다.

"고맙습니다. 다시 뵙겠습니다."

그들이 서둘러 나간다. 타데를 찾으려는 것이 분명하다.

"아율라, 무슨 짓이니?"

"무슨 짓이냐니, 무슨 질문이 그래? 그 남자가 네 동생을 찔
렀어!" 엄마가 소리친다. 아율라가 엄마 못지않게 화난 얼굴로
격렬하게 고개를 끄덕인다.

"아율라, 내 말 잘 들어. 네가 그 사람의 인생을 망치게 되는
거야."

"그 사람이야 나야, 언니?"

"아율라…."

"평생 그렇게 양다리를 걸치고 살 순 없어."

화면

무흐타르의 아내와 다시 마주친다. 그녀는 복도 벽에 몸을 기대고 있다. 어깨를 들썩이지만 그녀의 입에서는 어떤 소리도 새어나오지 않는다. 그렇게 소리죽여 우는 것이 얼마나 고통스러운지 말해준 사람이 아무도 없었나?

그녀가 인기척을 느낀다. 들썩이던 어깨가 잠잠해지고 고개를 든다. 그녀는 눈을 가늘게 뜨고 조롱하듯 입술을 비틀면서, 늘어진 콧물은 닦을 생각도 않는다. 나도 모르게 뒷걸음질을 친다. 슬픔은 전염성이 있다. 내 문제만으로도 나는 골치가 아프다.

옷매무새를 가다듬고 나서 그녀가 나를 밀치고 지나간다. 레이스 천이 바람을 일으키고 지미추 향수의 냄새가 안개처럼 퍼진다. 그녀는 깡마른 어깨로 나를 치고 간다. 용의주도하다. 시동생은 어디 갔길래 지금 그녀 옆에 없는 걸까? 나는 향수와 더불어 슬픔이 내뿜는 자극적인 냄새를 맡지 않으려고 313호실에 들어갈 때까지 숨을 참는다.

무흐타르는 TV를 향해 리모컨을 들고 침대에 앉아있다. 나를 보고는 리모컨을 내려놓고 따뜻하게 미소 짓는다. 눈이 피곤해 보인다.

"오는 길에 부인을 봤어요."

"어?"

"울고 계시던데."

"아."

무슨 말이든 더 하지 않을까 싶어 기다려보지만, 그는 그저 리모컨을 들고 이리저리 채널을 돌리기만 한다. 내 말을 듣고 놀랐다거나 동요하는 기색도 없다. 특별히 흥미를 보이지도 않는다. 출근길에 도마뱀을 봤다고 하는 편이 나을 뻔했다.

"아내를 사랑하긴 하셨나요?"

"까마득한 일이네…."

"아내분은 아직 선생님을 사랑하는지도 몰라요."

"그녀는 날 위해 우는 게 아니에요." 그렇게 말하는 그의 목소리가 딱딱하다. "지나간 자신의 젊음, 놓쳐버린 기회들, 그리고 이제 선택지가 별로 남지 않았다는 사실 때문이죠. 나를 위해서가 아니라 자기를 위해 우는 거예요."

그가 채널을 선택한다. NTA 국영방송. 마치 90년대의 텔레비전을 보는 것 같다. 진행자의 얼굴은 녹색기 도는 회색이고, 화면은 깜박거리다가 튀기도 한다. 우리는 화면만 빤히 쳐다본다. 노란색 영업용 소형 버스가 쌩하니 지나가고, 행인들은 뭘 찍나 들여다보려고 목을 길게 빼고 있다. 그가 소리를 죽여 놓왔기 때문에 화면만 보고는 어떤 상황인지 짐작하기가 어렵다.

"여동생 일에 대해 들었어요."

"여기선 소식이 참 빨라요."

"미안해요."

나는 그에게 미소 짓는다. "어차피 시간이 지나면 알게 됐을 걸요 뭐."

"그녀가 또 누군가를 해치려 했군요."

나는 아무 말도 하지 않는다. 그러고 보니, 그의 말은 질문이 아니었다. TV에서는, 진행자가 인터뷰를 위해 행인을 멈춰 세운다. 행인의 눈은 계속해서 진행자와 카메라 사이를 오간다. 어느 쪽에다 얘기를 해야 할지 확신이 서지 않는 모양이다.

"당신은 할 수 있어요."

"뭘요?"

"스스로를 해방시켜요. 진실을 말해요."

이제 나를 바라보는 그의 시선이 느껴진다. TV 화면이 흐릿해진다. 나는 눈을 깜박, 다시 깜박, 그리고 침을 삼킨다. 목구멍으로 아무 말도 나오지 않는다. 진실. 내 동생이 상처를 입은 걸 내 눈으로 똑똑히 보았고, 그것은 내가 한 말 때문이며, 나는 그것을 후회한다는 것, 그것이 진실이다.

그는 내가 불편해하는 것을 눈치 채고 화제를 바꾼다. "내일 퇴원하라네요."

나는 고개를 돌려 그와 눈을 마주친다. 그가 영원히 여기 있을 건 아니었다. 그는 의자나 침대나 청진기가 아니다. 그는 환자고, 환자는 떠나는 것이다. 살아서든 죽어서든. 그런데도, 나는 놀라움이랄지, 공포에 가까운 감정을 느낀다.

"그래요?"

"계속 연락이 닿았으면 해요." 그가 나에게 말한다.

재미있는 일이다. 내가 그에게 닿았던 것은 그가 자고 있었을 때, 혹은 그가 삶과 죽음의 경계에 있었을 때, 대신 그의 몸을 움직여 주어야 했을 때뿐이다. 그러나 지금 그는 스스로 목을 돌려 TV를 볼 수 있다.

"당신이 전화번호를 주고 내가 왓츠앱으로 연락하면 되지 않을까요?"

할 말이 떠오르지 않는다. 무흐타르가 이 벽을 벗어나서도 존재하는 것일까? 그는 누구인가? 나의 가장 은밀한 비밀을 알고 있는 사람이라는 것 말고. 그리고 아율라의 비밀까지. 그는 기묘하게도 유럽인의 코를 가지고 있다. 비밀을 잠그는 빗장. 뾰족하고 긴 코. 그의 비밀은 무엇일까 궁금하다. 그러고 보니 나는 아무것도 모른다. 그의 취미가 무엇인지, 그가 어떤 종류의 사람인지, 들것에 실려 병원에 오기 전에는 밤마다 어디서 잠을 잤는지.

"아니면, 내 번호를 줄 테니까 얘기하고 싶으면 언제든 전화해요."

나는 고개를 끄덕인다. 내가 고개를 끄덕이는 걸 그가 봤는지는 확실치 않다. 그의 눈은 여전히 TV 화면에 고정돼 있다. 이제 나가야겠다. 나는 문 앞에서 뒤돌아선다.

"부인은 아직 당신을 사랑하는지도 몰라요."

그가 한숨을 쉰다. "한번 뱉은 말은 다시 주워 담을 수 없어요."

"무슨 말이요?"

"이혼합니다. 이혼합니다. 이혼합니다."*

* 세 번 외치면 이혼이 성립되는 이슬람 관습. 일명 트리플 탈라크 - 옮긴이.

자매

아율라는 침대에 누워서 스냅챗에 자신의 상처가 잘 보이도록 몸을 기울이고 있다. 나는 그녀가 스냅챗을 끝낼 때까지 기다린다. 마침내 셔츠를 내려 꿰맨 자국을 덮고 휴대폰을 옆에 내려놓더니 나를 향해 씨익 웃는다. 지금 이 순간에도, 그녀는 아주 떳떳해 보인다. 흰 캐미솔에 짧은 면바지를 입은 그녀는 플러시 천으로 만든 곰 인형을 꺼안고 침대에 누워있다.

"무슨 일이 있었는지 나한테 말해 줄래?"

침대 옆 탁자에는 사탕 통이 열린 채 놓여있다. 회복을 기원하는 선물이다. 그녀가 막대사탕 하나를 꺼내서 포장을 벗기고 입에 문다. 그리고 생각에 잠겨 사탕을 빨아먹는다.

"타데랑 나 사이에 있었던 일?"

"그래."

그녀는 사탕을 조금 더 빨아먹는다.

"타데가 그러던데, 언니가 내 반지를 부쉈다고. 언니가 온갖 이유로 나를 비난한다면서, 어쩌면 내 전 남자친구들의 실종에

243

언니가 관련이 있을지도 모르겠다고 그러더라구…."

"뭐… 뭐라고? 그래서 너는… 뭐라고 그랬어, 너는?"

"미쳤냐고 했지. 그 사람은 언니가 나한테 엄청 질투를 느낀다고 했어. 그리고 언니한테 일종의… 음… 잠재된 분노가 있다고… 만약에," 그녀는 극적 효과를 위해 말을 멈춘다. "만약에우리 둘이 페미 집에서 나온 후에, 언니가 페미랑 얘기를 더 나누려고 되돌아갔으면 어쩔 거냐고…."

"그는 내가 페미를 죽였다고 생각하는구나?!" 이건 아율라의 잘못이 아닌데도 나는 그녀의 팔을 움켜쥔다. 내가 그런 일을할 수 있는 사람이라고, 어떻게 그가 그런 생각을 할 수 있지?

"이상해, 그렇지? 나는 그 사람한테 페미 얘기는 뻥끗도 하지않았어. 보예 얘기만 했지. 아마 인스타에서 봤나봐. 어쨌든, 언니를 신고라도 할 것처럼 굴더라구…. 그래서 내가 해야 할 일을 한 거지." 그녀가 어깨를 으쓱한다. "최소한 시도는 했지."

그녀가 곰 인형에 머리를 묻고는 조용해진다.

"그 다음엔?"

"그리고 내가 바닥에 쓰러졌는데, 기껏 한다는 말이, 세에~상에, 코레드가 말한 게 사실이었구나. 그 사람한테 뭐라고 말했길래, 코-레-드?"

그녀는 나를 위해 나섰다가 결국 다친 것이다. 이 모두가 내가 그녀를 배신했기 때문에 벌어진 일이다. 나는 현기증을 느낀다. 내가 아율라 대신 어떤 남자의 안녕을 선택했다는 사실을 인정하고 싶지 않다. 그 남자 때문에 우리 사이가 벌어진 거라고 고백하고 싶지 않다. 그녀는 타데가 아니라 분명하게 나를 선택하지 않았는가.

"내가… 내가 그에게 말했어, 너는 위험한 사람이라고."

그녀가 한숨을 쉬며 묻는다. "이제 일이 어떻게 진행될 거 같아?"

"경찰조사가 있을 거야."

"경찰이 그가 하는 말을 믿을까?"

"모르겠어… 증거는 없고, 그 사람과 너의 진술에만 의존해야 하니."

"우리의 진술이야, 언니. 그의 진술 대 우리의 진술이라고."

아버지

요루바 사람들은 쌍둥이가 태어나면 타이우와 케힌데라고 이름 짓는 풍습이 있다. 쌍둥이 중에서 먼저 태어난 아이가 타이우다. 따라서, 나중에 태어난 아이는 케힌데가 된다. 하지만 케힌데가 형이기도 하다. 케힌데가 타이우에게 '나 대신 먼저 나가서 모든 걸 잘 준비해줘.'라고 하는 거니까.

아버지는 쌍둥이 동생이라는 자신의 위치를 분명히 이렇게 이해했을 것이다. 그리고 타이우 고모는 여기에 동의했다. 그녀는 그가 시키는 일은 무엇이든지 했다. 그리고 그가 하는 일에 대해서는 무조건적인 신뢰를 보냈다. 자신은 시키는 대로 따르는 사람이라고만 생각했기 때문에, 아버지가 죽기 바로 전 월요일, 우리와 함께 있던 그날, 아율라를 놓아주라며 나에게 소리지를 수 있었던 것이다.

"싫어요!" 나는 아율라를 더욱 내 곁으로 끌어당기면서 비명을 질렀다. 아버지는 외출 중이었다. 나중에 내 고집스런 행동에 대한 대가를 혹독하게 치르게 되리라는 건 알았지만, 어쨌든 그건 나중이었다. 그가 당장 없다는 사실이 내게 용기를 주었고, 언젠가는 그가 돌아올 거라는 사실이 나를 더욱 결연하게 만들었다.

"네 아버지한테 다 말할 거야." 타이우 고모가 협박했다. 하지만 나는 전혀 신경 쓰지 않았다. 아율라와 함께 도망갈 계획이 이미 내 머릿속에 자리 잡고 있었다. 내가 절대로 놓지 않을 거라고 약속했는데도, 아율라는 나를 더 단단히 붙잡았다.

"제발." 방안 구석 어딘가에서 엄마의 신음소리가 들렸다. "아율라는 너무 어려요."

"그럴 거면, 아버지 손님에게 추파를 던지지 말았어야지."

나는 믿을 수가 없어서 벌어진 입을 다물지 못했다. 아버지가 뭐라고 거짓말을 한 걸까? 아버지는 왜 아율라를 족장의 집에 혼자 보내라고 했던 걸까? 내가 머릿속 생각을 입으로 중얼거렸던 모양이다. 타이우 고모가 대답한다.

"혼자가 아니지, 내가 같이 있을 거니까." 그 말에 안심이라도 하라는 건지.

"아율라, 네 아버지에게 중요한 일이야. 네가 도와줘야지." 고모가 구슬리는 목소리로 말했다. "이번 기회가 아버지 사업에 아주 중요해. 계약만 성사되면 네가 원하는 휴대폰은 어떤 거라도 사주실 거야. 신나지 않아?!"

"가기 싫어요." 아율라가 소리쳤다.

"넌 아무 데도 안가." 내가 그녀에게 말했다.

"아율라." 타이우 고모가 달랬다. "넌 이제 어린애가 아니야.

생리도 시작했잖니. 다른 여자애들은 이런 일이 생기면 좋아할 걸. 이 사람은 네가 원하는 건 뭐든지 갖게 해줄 거야, 뭐든지."

"뭐든지요?" 아율라가 코를 훌쩍이며 물었다. 정신 차리라고 내가 찰싹 때렸다. 이해는 된다. 그녀가 지금 느끼는 공포의 절반은 내 두려움에서 옮겨간 것이다. 그들이 그녀에게 요구하는 것이 무엇인지 그녀는 제대로 이해하지 못했다. 당연하다. 그녀는 14살이었고, 당시의 14살은 요즘의 14살하고도 다르다.

이것이 아버지가 우리에게 준 마지막 선물이었다. 다른 남자와 맺은 합의. 하지만 아버지는 나한테 본인의 강인함도 물려주었기에, 이번만큼은 그의 뜻대로 이루어지도록 두지 않겠다고 나는 결심했다. 아율라는 나, 오직 나의 책임이다.

나는 선반 위에 있는 지팡이를 움켜들었고, 눈앞에서 흔들었다. "고모, 우리 가까이 오면, 이 지팡이로 칠 거예요. 아버지가 올 때까지 멈추지 않을 거라구요."

고모는 칠 테면 쳐보라는 태세다. 그녀는 나보다 크고, 나보다 무거웠다. 하지만 내 눈을 보고는 몇 걸음 뒤로 물러났다. 대담해진 나는 그녀를 후려치려고 했다. 그녀가 더 뒤로 물러났다. 나는 아율라의 손을 놓고 지팡이를 휘두르면서 집 밖까지 고모를 쫓아갔다. 집안으로 돌아와 보니, 아율라가 떨고 있었다.

"아버지가 우릴 죽일 거야." 그녀가 흐느꼈다.

"우리가 먼저 그를 죽이면 돼."

진실

"타데 오투무 박사의 진술에 따르면, 자신은 정당방위를 한 것이고, 당신이 그것을 증언해줄 것이라고 합니다. 그의 말을 인용하면 이렇습니다. '아율라가 과거에 사람을 죽인 적이 있다면서, 나에게 등 뒤를 조심하라고 했습니다.' 아베베 양, 동생이 과거에 살인을 저질렀습니까?"

"아니요."

"동생이 전에 사람을 죽인 적이 있다고 그에게 말한 건 무슨 뜻이었나요?" 심문관들 말씨가 세련되고 교양이 있다. 그리 놀랄 일은 아니다. 타데는 일류 병원의 재능 있는 의사고, 아율라는 배경이 좋은 아름다운 여자다. 이 사건은 사회적으로 높은 관심을 받고 있다. 나는 무릎에 손을 포개고 앉아있다. 테이블에 손을 올려놓으면 좋겠지만, 테이블이 더럽다. 내 입술에는 희미하게 미소가 어려 있다. 그것은, 내가 그들의 비위를 맞추고 있기 때문이고, 그들도 내가 비위를 맞춰주고 있다는 사실을 알아야 하기 때문이다. 하지만 적어도, 내가 지금 상황에 만족한다는 느낌을 줄 정도의 미소는 아니다. 지금 나의 정신은 명료하다.

"한 남자가 내 동생과 여행 중에 식중독으로 사망했어요. 동생이 그와 함께 여행을 갔다는 사실에 화가 났어요. 그는 결혼한 사람이었으니까요. 그의 죽음은 그들이 한 행동의 대가라고 생각했어요."

"그녀의 전 남자친구는요?"

"타데 말인가요?"

"페미, 그 실종된 남자 말입니다."

나는 눈을 반짝이면서 앞으로 몸을 기울인다.

"그가 돌아왔나요? 그가 무슨 말을 했나요?"

"아닙니다."

나는 다시 뒤로 기대면서 시선을 떨구고 얼굴을 찡그린다. 할 수만 있다면, 눈물 한 방울이라도 짜냈을 것이다. 하지만 나는 때맞춰 우는 재주가 없다.

"그럼 왜 제 동생이 그 일과 관계가 있을 거라고 생각하시는 거죠?"

"의심할 만한 정황이⋯."

"의심이 아무리 많아도 그게 증거가 되진 않아요. 그녀는 키가 160센티도 안 돼요. 그녀가 그를 해쳤다면, 도대체 무슨 수를 썼을 거라고 생각하나요?" 내 입술은 단호하고 두 눈에는 의심이 가득하다. 거기에다 덤으로, 살짝 머리를 흔들어준다.

"그러니까 그녀가 그를 해쳤을 수도 있다고 생각은 하는군요?"

"아니요. 내 동생은 둘도 없이 상냥한 사람이에요. 동생을 만나 보셨나요?" 그들이 불편한 듯 자세를 바꾼다. 그녀를 만난 것이다. 그녀의 눈을 보고 나서 그녀에 대한 환상을 품게 된 것이다. 그들도 결국 마찬가지다.

"그날 무슨 일이 있었다고 생각하시나요?"

"그가 동생을 찔렀고, 그녀에겐 무기가 없었다는 것, 그게 제가 아는 전부예요."

"그의 말로는, 그녀가 칼을 가지고 왔다고 하던데요."

"그녀가 뭐 하러 그랬을까요? 그가 동생을 공격하리라는 걸 어떻게 알았겠어요?"

"범행도구인 칼이 사라졌습니다. 치치 간호사가 진술하기론, 수술 중에 칼을 제거하고 나서 일지에 기록했다고 합니다. 그 칼을 어디에 보관하는지 당신은 알고 있었을 텐데요."

"간호사들은 다 알아요···. 의사들도요."

"오투무 박사를 안 지가 얼마나 되었습니까?"

"그렇게 오래되지는 않았어요."

"그가 폭력적인 모습을 보인 적이 있습니까?"

무엇을 입을까 고민하다가, 밝은 회색의 치마 정장을 골라 입었다. 엄숙하고 여성스러운 느낌을 주면서, 동시에 경찰과 내가 사회적으로 같은 계층이 아니라는 사실을 교묘하게 상기시켜 주려는 선택이었다.

"아니요."

"그러니까 당신은 이번 사건이 그의 평소 성격과는 어울리지 않는다고 인정하시는군요."

"그를 안 지 그렇게 오래되지 않았다고 방금 말씀드린 것 같은데요."

떠나다

무흐타르는 자신의 삶을 다시 시작하기 위하여 집으로 돌아갔다. 313호실은 비었다. 그래도 나는, 무흐타르가 삶과 죽음 사이 어딘가에 머무르고 있었을 때, 늘 내가 앉던 그 자리에 앉는다. 침대에 누워있는 그를 떠올린다. 그리고 극심한 상실감이 느껴진다. 타데에 대해 느끼는 것보다 더한 상실감이다.

타데도 지금은 떠나고 없다. 경찰은 그의 의사면허를 취소했고, 그는 폭행죄로 몇 달간 감옥생활을 해야 한다. 상황이 더 나쁠 수도 있었지만, 여러 사람이 그가 언제나 친절했으며 털끝만큼도 폭력성을 보인 적이 없다고 증언했다. 그럼에도, 그가 아율라를 찔렀다는 것만은 부인할 수 없는 사실이다. 세상은 그에 대한 대가를 지불하라고 그에게 요구했다.

사건이 있던 날 이후로 그를 본 적이 없다. 아율라가 그를 고발하고, 그는 바로 정직처분을 받았다. 그래서 나는, 그가 무슨 생각을 하고 어떤 기분을 느끼고 있을지 모른다. 그렇게 신경이 쓰이지도 않는다. 그녀가 옳았다. 어느 쪽이든 한 쪽을 선택해야 한다. 그리고 나의 운명은 이미 오래 전에 정해졌다. 나는 언제나 그녀 곁에 있을 것이고, 그녀는 언제나 내 곁에 있을 것이다. 다른 사람은 하나도 중요하지 않다.

무흐타르는 나에게 자신의 전화번호를 주었다. 번호를 적어준 종이는 간호사복 주머니에 넣어두었다.

그녀의 비밀을 알고 있는 사람이 아무런 구속 없이 자유롭게, 저 밖에서 살아가고 있음을, 아율라에게 말해야 할지 어떨지 나는 아직도 고민하고 있다. 언젠가는, 우리가 저지른 일들이 공식 문서에 기록될지도 모른다는 사실을 알려야 할까. 아마 말하지 않을 것이다.

무흐타르가 사용하던 침대와 침구가 아직 그대로다. 나는 알수 있다. 방에서는 여전히 그의 냄새가 난다. 의식을 회복한 후, 그에게서 풍기던 방금 샤워한 듯 축축한 냄새. 나는 잠깐 눈을 감고 마음이 가는 대로 내버려둔다.

이윽고, 병실 전화기를 들고 4층에 전화를 건다.

"여기 313호실로 모하메드를 보내주세요."

"모하메드는 떠났는데요, 간호사님."

"아… 네, 그렇죠. 아씨비를 보내세요."

다섯 번째 남자

0809 743 5555

키보드로 그의 번호를 친 것이 세 번, 화면에서 지운 것도 세 번이다. 그의 번호를 적은 종이는 이제 원래처럼 반듯하지 않다. 이미 나는 그의 목소리가 어땠는지 잊어버리기 시작했다.

내 방문을 누가 두드린다.

"들어와."

하녀가 문을 빼꼼히 열고 고개를 내민다. "아가씨, 마님이 내려오시래요. 아래층에 손님이 와계시거든요."

"누군데?"

"남자분이세요."

그 이상은 알 리가 없으니, 그녀를 보낸다.

그녀가 문을 닫고 나서, 나는 무흐타르의 번호가 적힌 종잇조각을 빤히 들여다본다. 침실 탁자 위 양초에 불을 붙인다. 검은 재가 숫자를 삼키고 불길이 손끝을 핥을 때까지 불꽃 위에 종이를 들고 있다. 또 다른 무흐타르는 결코 다시 없을 것이다. 나는 알고 있다. 나의 죄를 고백할 기회, 과거의… 혹은 미래의 죄에서 풀려날 수 있는 기회는 두 번 다시 오지 않을 것이다. 동그랗게 말린 종이와 함께 기회가 사라진다. 아율라에겐 내가 필요하니까. 나는 내 손에 피가 묻지 않기를 원하지만, 그보다 더, 그녀에겐 내가 필요하다.

할 일을 마치고, 나는 거울을 보러간다. 손님을 맞을 만한 옷차림이 아니다. 편한 홈드레스에 머리에는 터번을 쓰고 있다. 하지만 손님이 누구든 나를 있는 그대로 받아들여야 할 것이다.

나는 뒤쪽 계단으로 내려가다가 그림 앞에서 멈추어 선다. 여인의 그림자가 그림 속에 얼핏 나타났다 사라진다. 순간적으로, 나의 시야가 미치지 않는 높은 곳에서 그녀가 나를 보는 것 같은 느낌이 든다. 액자가 왼쪽으로 약간 기울어져 있다. 기울어진 액자를 바로잡고 가던 길을 간다. 하녀가 장미 화병을 들고 내 옆으로 허둥지둥 지나간다. 장미, 상상력이 부족한 사람들의 의지처. 하지만 아율라는 기뻐할 것이다.

엄마와 아율라, 그리고 한 남자가 거실에 모여 있다. 세 사람이 고개를 들고 다가서는 나를 올려다본다.

"제 언니, 코레드예요."

남자가 미소 짓는다. 나도 미소를 보낸다.

2018년 1월, 화제가 된 인터뷰가 있다. 프랑스 외무부 초청으로 파리를 방문한 나이지리아의 페미니스트 소설가 치마만다 응고지 아다치에에게 진행자는 '나이지리아에서도 본인의 책이 읽히느냐, 나이지리아에도 서점이 있느냐'고 물었다. 아다치에는 2007년에 여성작가에게 주는 영국 최대의 문학상 '오렌지상'을 수상했으며, 맨부커상 후보에 오르기도 한 인물이다. 말하자면 나이지리아의 국민작가인 셈이다. 아프리카를 식민지로 거느렸던 유럽인의 오만이 느껴지는 불쾌한 질문이었지만, 작가의 성숙한 대응이 인상적이었다. "나는 나이지리아에서 교육을 받았다. 내 책이 고국에서 읽혀지고 있으니 나이지리아에 적어도 서점 한 개는 있을 거라고 보는 게 합리적일 것이다." 이후 SNS에는 나이지리아의 도서관과 서점을 찍은 인증샷이 줄지어 올라왔다고 한다.

아프리카 어디쯤 있겠지. 나이지리아에 대해선 별 관심도 정보도 없고, 문학은 더더욱 우리에게 생소하다. 하지만 나이지리아는 이언 매큐언과 살만 루시디를 제치고 맨부커상을 수상한 치누아 아체베, 그리고 노벨문학상을 수상한 월레 소잉카의 나라다. 토착어로 구전되던 환상적 모험이야기를 모태로, 만만치 않은 문학적 저력을 과시하고 있는 것이다.

《언니, 내가 남자를 죽였어》는 현재 그 나이지리아에 살고 있는 젊은 여성 작가의 작품이다. 데뷔작임에도 출간과 동시에 전 세계 언론의 주목을 받고 있다. 살인현장을 청소하고 시체를 처리하는 방법이 매뉴얼처럼 제시되면서 이야기는 시작된다. 계속해서 남자친구를 죽이는 동생과 뒤처리를 맡아서 하는 간호사 언니.

동생 아율라는 왜 살인을 하는 것일까?
블랙위도우라는 거미가 있다. 짝짓기는 끝났고, 마침 배가 고픈데, 여전히 주변을 배회하는 수컷이 있으면 먹어치워 버린다. 단지 배가 고파서 가까이 있는 것을 먹을 뿐. 작가는 그것이 무척 흥미로웠다고 한다. 아율라의 살인 동기는 고통이라든가 복수라든가 자기방어가 아니다. 단지 할 수 있으니까 할 뿐. 상처가 있는 여성이어야만 어떤 행동을 할 수 있는가? 아율라에게는 동정심도, 후회도, 결과에 대한 두려움도 없다. 그저 하고 싶어서, 할 수 있으니까 한다. 권력은 그녀의 손에 있다. 그래서 그녀는 연이어 살인을 저지르고도 늘 아이처럼 즐겁다.

언니 코레데는 왜 그녀를 돕는 것일까?

어려서부터 동생을 보호하는 것이 자신의 운명이었다. 동생은 아름답고, 자신은 추하다. 사랑하는 남자는 자신이 아니라 동생에게 관심이 있다. 동생을 질투하지만, 버릴 수 없다. 단순하기만 한 남자들이 싫다. 표백제로 구석구석 문지르며 강박적으로 청소에 매달려도 자신의 손은 언제나 피로 물들어 있다. 사랑하는 사람을 위해 어디까지 갈 수 있을까?

짧은 챕터가 반복되면서 긴장감 넘치는 리듬을 만들고, 바늘이 튀듯 간간이 블랙유머가 끼어든다. 한 장 한 장 넘기다 보면 어느새 몸과 마음이 리듬에 반응한다. 끊을 수 없고, 빠져나올 수도 없는 리듬이다. 음악이 끝날 무렵, 투덜대는 것 같은 코레데의 목소리가 귓가에 바짝 다가와 있을 것이다. 한 달음에 끝까지 달리는 즐거운 독서를 경험하기 바란다.

강승희

언니, 내가 남자를 죽였어

초판 1쇄 인쇄 | 2019년 3월 21일
초판 1쇄 발행 | 2019년 3월 29일

지은이 | 오인칸 브레이스웨이트
옮긴이 | 강승희
펴낸이 | 이승민

펴낸곳 | 천문장
전　화 | 031-913-0650
팩　스 | 02-6455-0285
이메일 | zakyahoo@naver.com

ISBN 979-11-960239-8-0　03890